ちくま文庫

小説の惑星

ノーザンブルーベリー篇

伊坂幸太郎 編

筑摩書房

小説の惑星　ノーザンブルーベリー篇

目次

まえがき　小説の惑星について

伊坂幸太郎

子供のころから今まで読んできた小説の中で、本当に面白いと思ったものを集めてみました。見栄や知ったかぶり、忖度なく、「とびきり良い！」「とてつもなく好き」と感じたものばかりです。

十代で読んだものもあれば、デビュー後に知った作家の作品もあります。ミステリー小説と純文学が好きだったために、そのいずれかに分類される短編が自然と多くなりましたが、そういった偏りも含め、僕自身が大好きな小説たちです。

よく言われるように、今はたくさんの娯楽があります。時間は限られていますし、その中で無理やり、小説を読んでもらいたい、という気持ちはありません。誰もが自分の好きなものを楽しめばいいいな、といつも思っています。

また、読書好きの方であれば、すでに自分でお気に入りの作家や小説を見つけているでしょうし、読むべき本を指南してくれる信頼できる誰かがいるような気もします。

ですのでこのアンソロジーは、そういった人とは別の方たちのことを念頭におき、たとえば、「いくつか売れている小説を読んだのだけれど、面白いと思えなかったんです」であるとか、「ストーリーやどんでん返しは面白かったけれど、それだったらアニメや漫画、映画、ゲームでもいいかなと思った」であるとか、「あなたの書いた小説がどうもつまらないので、もう小説という娯楽には手を出さないようにします」であるとか、とにかくそういった相談をされた時に（あったら怖いけれど、ありそうな気もする）、「小説を見限るのはこれを読んでからにして！」と渡したい、そう思える本を目指しました。つまり、「これで小説はもういいかな、と思われたのなら仕方がない」と（僕は）諦めがつく、そういった作品たちです。

実力のあるスター選手を集めて、最強チームが結成される場合に、ドリームチームという表現が使われることがありますが、これはまさしく僕にとっての小説ドリームチームです。

ちなみに、大好きな小説のすべてを収録できたわけではありません。分量の問題もありますが、それ以上に、今回はできるだけ多くの人に「小説は面白い」と思ってもらいたいため、「読み終えた後に、なるべく暗い気持ちにならないようなもの」を選ぶ基準にしたことも大きかったのかもしれません。恐ろしいもの、不気味なもの、おぞましいもの、不謹慎なもの、そういった小説も素晴らしいですし、今回、作品を選んでいると自分にとってのお気に入りの作品はそういったもののほうが多いことにも気づきました。

ただ、今回はなるべく、笑えるもの、それも大声でげらげら笑うのではなく、ぷっと噴き出したり、にやにやしたり、もしくは苦笑いや泣き笑い、といった気持ちになる作品を優先することにしました（大江健三郎さんの「人間の羊」や古井由吉さんの「先導獣の話」は不穏さに満ちていますが、小説の巨人としか言いようがない二人の作家の、僕にとっては日本文学における大事な短編であったため、外すことはできませんでした）。

「小説はこんなに面白いんだよ」「これこそが小説の面白さだ」といった気持ちで選んだこの本は、「負ける気がしない」最強軍団です。おそらく、小説が好きな人たちには自分にとっての「負ける気がしない軍団」が存在しているでしょうから、「いや、こっちのほうが最強だ」と異論を唱えたい人もいるでしょう。ただ、それにしても負ける気がしない、という気持ちでこの二冊の本を作りました。

他人の褌で相撲を取る、どころか、自分で相撲も取っていないような形の本なので、こうして誇らしげに語ることが恥ずかしいところもあります。ただこの本の作品を面白いと感じてくれる人がいてくれれば、これほど嬉しいことはありません。

野暮を承知で補足しておきますと、「小説の面白さ」にはさまざまなものがあります。はっとさせられるオチの面白さもあれば、ストーリーとは別の、文章ならではの読み味が素晴らしいもの、作者の想像力や発想力に圧倒されるものもあります。この本に選んだ作品はそれらがごちゃまぜになっていますので、それぞれの「面白さ」を楽しんでもらえればいいな、と思います。

この本のカバーに関しては、自分がデビューしたころから、「いつか関わりが持てたら幸せだな」と思っていた、たむらしげるさんの作品を使わせていただきました。とてもうれしいです。二冊の本になったものの、「1巻／2巻」「上巻／下巻」といった順番をつけたくなかったため、「ノーザンブルーベリー篇」「オーシャンラズベリー篇」とつけさせてもらいましたが、これは、カバーのイラストの色の印象から、思い付きで名付けた形で、深い意味はありません。

賭けの天才

眉村卓

眉村卓（まゆむら・たく）
一九三四年、大阪府生まれ。二〇一九年没。大阪大学経済学部卒。六一年、「下級アイデアマン」が空想科学小説コンテストに佳作入選しデビュー。七九年『消滅の光輪』で泉鏡花文学賞・星雲賞、八七年『夕焼けの回転木馬』で日本文芸大賞、九六年『引き潮のとき』で二度目の星雲賞、二〇二〇年に日本SF大賞・功績賞を受賞。『なぞの転校生』『ねらわれた学園』他著作多数。

そいつの名を、かりにＦとしておこう。

ぼくと、高校時代に同期生だった男だ。

もっとも、ぼくがＦとつきあうようになったのは、ここ数年のことである。高校時代はクラスが違っていたから、あまり話をしなかった。それが、たまたま同じ会社に入ったので、しかも、お互い営業部だったので、いやでもつきあわなければならなくなったのである。

自分の口からいうのはくやしいが、Ｆはぼくにはとても及ばない成績をあげている。学校時代はぼくのほうがだいぶ成績は上だったはずだが、実社会に入ってみると、Ｆのほうが有能ということである。何しろ、大きな注文を、あとからあとから取って来るのだ。どういうやりかたをしているのか、とにかくうまいのである。

ぼくはある日、どうしてそんなにあざやかに注文を取れるのか、たずねてみた。

「計算だよ、計算」

と、Ｆはいった。「お得意の状態をよく調べて、そろそろ注文が出るころだというときに、集中的に訪問するんだな。そのためにはふだんから全顧客や、顧客でない会社について、いろいろ研究しなきゃならない。その計算のたまものさ」

ぼくは、いわれたようにやってみた。だけど成果は、はかばかしくないのだ。

いや。

ぼくは、そんな、仕事のことを話すつもりではなかった。ぼくがいおうとしたのは、Fとの賭《か》けのことである。

ぼくとFは、ときどき賭けをした。あすのプロ野球のゲームでどっちが勝つだろうか、とか、今回の人事異動で誰が部長になって来るだろうか、とか、ときには、公定歩合はいつごろ、いくらほどさがるだろうとか……ひどい場合には、社長が病気になって、何月までに死ぬだろう、とか、いろいろ賭けるのである。それも、Fのほうから、おい賭けをしないか、と、持ちかけるのであった。

ぼくは賭けて、いつも負けた。そのたびにFの奴は、これも仕事と同じだよ、計算と研究だ、と、笑うのだ。ぼくはだんだん意地になって、今度こそ、今度こそと賭けに応じ、……やっぱり、いつも負けるのである。

ところが、ぼくは、ふとしたことから、ある事実を聞き込んだ。

Fが賭けをするのは、ぼく相手だけではないというのだ。Fは会社の連中や、その他の人々としょっちゅう賭けをして、いつも勝っているというのである。

おかしい。

これは変だ、と、ぼくは思った。

賭けが好きだというのは分る。が、賭けるたびに勝って、その相手もたくさんいるとなると……これは常識では考えられない。

とうとうぼくは、Fと会社の近くの喫茶店で会ったとき、問いつめた。

「どういうことだ？」

と、ぼくはいってやった。「賭けをしていつも勝つなんて、妙じゃないか。何か、からくりがあるんだろう？」

Fは、また、計算と研究だと答えた。ちゃんとデータを集めさえすれば、賭けは必ず勝つというのである。

今までは、ぼくはそれでごまかされて来た。だが、その日はそれで承服出来なかった。なぜかというと、ぼくは前日に、一時間のうちに課長の机の電話が何回鳴るかという賭けをして負けていたのだ。Fはそれをぴたりと的中させた。そんなことは、いくら研究していても、分るわけがないのだ。

「きみは、実は未来が読めるんだろう？」

と、ぼくは詰問した。「未来が予測出来る超能力を持っていて、それで賭けをしているんだろう?」

「…………」

「いえよ。白状したらどうだ」

とうとうFは、薄笑いを浮かべた。

「そうだとしたらどうなんだ?」

「ずるいじゃないか」

ぼくは声をはりあげた。「未来が判明しているのに賭けるなんて……そんなの、アンフェアだぞ。そんなこと、許せるか!」

「だったら、きみとの賭けは、今後やめよう」

と、Fは返事した。「きみがそう信じているのなら……そういうことにしておこう。だけど、未来が読める超能力なんて……ほかの誰も信じやしないよ。きみがいくら他人に今みたいな話をしたって、誰も信じるものか」

Fのいう通りだった。ほかの人たちは、未来を読める超能力なんて、と、笑い飛ばした。笑い飛ばしたが、腹の中では、ひょっとしたらそうかも知れない、と、考えたのであろう。Fと賭けをする人間は、しだいにすくなくなって行ったようである。

そのFが、現在どうしているかというのかい？

Fは、会社を辞《や》めてしまった。一身上の都合だとしかいわずに、だ。会社の上役は優秀な営業マンであるFを惜しんで引きとめたが、Fはきかなかった。さっさと辞めて、何を考えたのか、アルバイトで、いわばその日暮らしの生活を送っている。そして、働くとき以外は、稽古《けいこ》をはじめたのだ。空手《からて》と剣道を猛烈な勢いで学びはじめたのだ。噂《うわさ》を聞いたぼくが電話をかけて、なぜそんなことをするのかと質問しても、腕を磨《みが》いておくんだ、としか答えないのである。今も毎日Fは空手と剣道の練習に精を出しているらしい。

Fは、何か予知しているのだろうか？　腕力をきたえなければならないような、そんなこと……そんな時代がやって来るというのだろうか？

ぼくはおそろしい。何がおこるのか……それがこわいのだ。

休憩時間

井伏鱒二

井伏鱒二（いぶせ・ますじ）

一八九八年、広島県生まれ。一九九三年没。早稲田大学文学部中退。二八年「鯉」を「三田文學」に、二九年「山椒魚」を「文芸都市」に発表し、文壇から注目を浴びる。三八年『ジョン万次郎漂流記』で直木賞受賞、五〇年「本日休診」他で読売文学賞、六六年『黒い雨』で野間文芸賞、七二年『早稲田の森』で読売文学賞を再び受賞。他受賞歴・著作多数。

文科第七番教室は、この大学で最も古く、最も薄穢《うすぎたな》い教室である。雨の降る日は窓の隙間から滴がながれ、それは窓枠をうるおし、壁をうるおす。部屋のなかは一たいにほの暗く、黒板の文字も見え難い。晴れた日には、机や腰掛の上に埃《ほこり》がたまる。学生達は机につく度ごとに、帽子やハンカチで埃を払わなくてはならないのである。

しかし学生達は、この教室で講義を聴くことをこの上もなく好んでいる。それはこの教室自身が、懐古的な幾つもの挿話を持っているからにほかならない。学生達の言っていることが若し真実だとすれば、この教室は日本文学史的に甚だ由緒深い記念館ともいうべきであろう。学生達は次のように言っている。

——坪内逍遥博士は、この教室でシェクスピアの講義をした。それは逍遥先生が健在で文学指導の熱意それ自体であった時のこと、ロメオとジュリエットの恋やオッフエリアの純情に関する逍遥先生のお話は、その当時の文科学生達をして多感と感慨に耽らせたに違いないという。また、島村抱月が新しき文学論の講義をしたのもこの教室であったという。おそらく抱月先生は、この教室のこの教壇に立って気難しい顔をしながら、いま島村抱月の墓石に刻みこんであるような調子で、自然主義文学論を当時の学生達に講義したであろう。その墳墓はいま雑司ケ谷の墓地にあるが雅致ある墓石である。楕円形の石に「在るがままの現実に即して、全的存在の意義を髣髴《ほうふつ》す、観照の世界なり。味に徹したる人生なり。この心境を芸術といふ」と彫りこんである。そうして学生時代の正宗白鳥が英文学講師高山樗牛を質問責めにして、樗牛先生を教壇に立往生させたのもこの教室であるという。学生正宗忠夫は、定冠詞の用法を十幾つも並べたて樗牛をやりこめたので、ついに樗牛先生は講義の途中で泣きだしてしまったと言い伝えられている。

私達文科学生は、こういう類《たぐい》の挿話を誰から教えられたかは忘れたが、そういう物語だけはことごとく記憶して、それは事実であると信じた。信じてもさしつかえなかったほど、この教室は古びて埃っぽく、神秘めいてほの暗かったのである。窓の外には三本の桜の老木が生えていたが、こんな大木というものは、その附近いったいに起った伝説や挿話を真実らしく人々に思いこませがちなのである。

窓から手をさし出してみると、桜の枝は私達の手にふれた。太い幹から閑疎な枝を出して、桜の花びらは風の吹き工合によっては教室のなかにも舞いこみ、私達の机の上やノートの上に遠慮なく散って来たのである。

あるとき私達は机の上に角帽を置き、その上にノートやインクを載せて約四十分間の休憩時間を雑談に耽っていた。私達は新しき文学について語り、新劇や翻訳劇について語り、脚本アルトハイデルベルヒがいかに私達の多感をそそるものであるかを語り、生活難のことなど誰が饒舌《しゃべ》るものでもなかったのである。殆ど誰も彼も二十歳の学生で健康である。第一に絶望したものや病人などは、教室に出て来なかったのである。

莨《たばこ》をふかしながら熱心に早口に饒舌っているものがある。彼はともかく一刻も早く相手を言い負かしてやろうと考えているらしい。相手は言い負かされまいとして、彼も早口に大声に饒舌っている。その隣の席の学生は、片足を腰掛にあげ、編上靴の紐をしめなおしている。彼は買いたての靴が大きすぎたのである。

窓に腰をかけているものがある。二人ならんで窓に腰をかけ、肩を組みあっている。彼等の肩や襟には桜の花びらがふりかかり、彼等はうららかに晴れ渡った春日の情懐を楽しく語り合っているようである。教壇に出て黒板に、落書しているものがある。その落書によると、彼は自分の心境にうっとりとしているのに違いない。彼は「こぞの雪、いまいづこにありや」という第一のスタンザを書いて直ぐそれを消し、その次のスタンザを書いて直ぐにそれを消し、それを繰返している。鉛筆で壁に人体の素描をこころみているものがある。傍《かたわら》からその製作を手伝って、青インクで着色しているものがある。その素描に陰影をつけようとして、鉛筆の先で壁をこすっているものがある。――すべてこれ等の光景は、教授先生が登場すると同時に消え失せる筈のものであった。ところが突然、背の高い一人の学生監が巡回して来た。

運悪く、黒板にフランソワ・ヴィヨンの詩を書いていた学生は、歯の高い足駄《あしだ》をはいていた。どこの学校でもそうだろうが、教室に下駄ばきのまま登場してはいけない規則がある。けれども私達は屢々《しばしば》この規則を犯したので、学生監が巡回して違犯者を教室から連れ出す慣わしになっていた。

学生監は入口のところに立って、詮索的な目つきで室内を見まわしていたが、彼は急ぎ足に教室にはいって来た。そうして教壇にむかって進んで行った。

私達はわざと咳ばらいをして、下駄ばきの僚友に学生監がまわってきたことを気づかせようとした。下駄ばきの僚友はそれとも知らないで、黒板に落書をつづけていた。学生監は躊躇するところなく規則違犯者の腕をつかんだ。私達はその結果がどうなるかを興味深く見物することにした。

学生監は片手をズボンのポケットに入れ、その学生に言った。

「きみ。こっちに来て下さい」

そして下駄ばきの学生の腕を引張った。

「何です。腕を引張らなくてもいいじゃないですか」

「何ですとは、何です。足駄なんかはいて。こっちへ来たまえ」

学生監は規則違犯者の背中を押した。違犯者は明らかに興奮した。彼は黒板に「この雪、いまいづこにありや」の一行を書いていたところである。それは絶唱に価すべきヴィヨンの詩の一行なのである。このデリケイトな詩情にひたっている場合に、学生監に腕をつかまれたり背中をこづきまわされたりすることは、若き芸術家にとっては最も無念な瞬間である。下駄ばきの僚友は学生監の腕をふりはらった。

「それは暴力だ。暴力を用いなくてもいいじゃないか」

「いや、暴力ではありません。きみに退場を命じます。規則違犯です」

「僕の靴は濡れているんだ。まだ乾いていないのだ。僕の靴は内側まで濡れているんだ。言ってみれば、靴の底が破けているんだ」

「スリッパでもはいて来ればいいでしょう」

「スリッパなんか持っていない」

学生監は言論によって争うつもりはなかったようである。両手でもって違犯者の腕をしっかり摑んだ。そして満身の力をこめて違犯者を教壇から引摺りおろし、机の列の間を通りぬけて教室から出て行った。違犯者は打ちかつことのできない腕力によって自由にされたのである。権威対反抗の標本である彼等二人が出てしまった後、私達は外の廊下で違犯者が同じことをくり返しているのを聞くことができた。

「それは暴力だ。僕は、実は靴を持っていないんだ」

それに対して学生監も同じことをくり返していた。

「暴力とは何です。靴がなければ学校を止したまえ」

二人の口論は、階段をがたがたと踏む足駄の音にだんだんと消されて行った。私達は足駄の音がやがて消えてしまうまで、その物音に耳を傾けていた。したがって教室のなかには不気味な気配を持った静けさがおしよせて、私達はお互に黙りこんでしまった。若し仮に小さな声で隣席のものに話しかけるにしても、必ず教室全体の人々にその話し声はきこえたであろう。そんなに静かであった。

——そのとき、一人の学生が立ち上った。私達は彼の方をふりむいた。それは買いたての編上靴をはいている学生であった。片手で高くボール紙の箱をさし上げて、私達一同にむかって演説めいたことを言いはじめた。

「諸君。われわれの、この由緒深い教室は、今や一つのトラブルのために蹂躙《じゅうりん》されたのであります。われ等の級友は一そくの靴を持っていなかった。そのために彼が懲罰を加えられなければならないとは、われわれ了解でき難いのであります。それは一種の悲惨事でなくて何であるか。しかも不幸なる囚人――われ等の級友は黒板に〝こその雪、いまいづこにありや〟というヴィヨンの詩数行を書きのこして、彼は従容《しょうよう》として引致されて行ったのであります。諸君。僕はこの箱のなかに古靴を一そく持っている。僕はこの古靴を彼に寄贈したい。そして、われわれ一同の名に於て、彼にこれを寄贈したいという僕の志に、諸君の御賛成を願いたい」

この提案はいくらかおどけたものであったが、少からぬヒロイズムをふくんでいたので、私達一同はこの提案に賛成した。

「異議なし、異議なし」

そう云って、手を叩いたり、笑ったりした。そこで提案者はボール箱を抱え、あわただしく教室を出て行った。私達はその後姿を見送りながら再び失笑したのであった。

三四分間ほどたって、提案者は帰って来た。矢張りボール箱を抱え、彼は甚だ興奮していると見え、教壇に駈けあがって私達一同にむかって次のように報告した。

「諸君。駄目なのであります。われわれの級友は三人の学生監にとり囲まれ、帳簿に彼の名前を違犯者として自署することを迫られていました。彼は憤怒のために少し常軌を逸していました。僕が靴を――われわれ級友一同の名に於て、彼に寄贈しようという申し出を彼は辞退したのであります。勿論、彼は三人の学生監に対する反感と、おのれの自負とのために、辞退したに違いないのでありますが……」

この演説なかばのとき、不幸なる囚人――規則違犯者が釈放されて帰って来た。そこで演説者は彼の論旨をつづけるのを中止して彼の席に帰って行った。

今度は、規則違犯者が教壇に出て行った。この違犯者は足駄をどこかに置いて来たのだろう。跣足《はだし》のままであった。彼は少しも臆する気色《けしき》もなく教壇に立つと、私達一同にむかって一礼し、そうして黒板のこぞの雪の詩を拭き消し、チョークをもって再び何か書きはじめた。

私達は彼が今度こそ、どんなに悲壮な詩を書くだろうかという興味で、熱心に黒板を見た。

それは「かにかくに……」という書き出しの短歌であった。彼は一つ書き終ると続けてまた一つ書き、それは総計十二の短歌であった。彼は何の苦渋もなくそれを書いた。アララギ派の傾向を帯びた調子の短歌であって、その全体の意向はすこぶる反逆的なものである。――彼等が仮に学生監という名称の役目を持ったため、われわれ未来ゆたかな芸術家に対して刑罰を加えるとは、寧ろ嘲笑すべきことである。下駄をはいて来ようが靴をはいて来ようが、人生の未来の光明にどれだけの関係があるか。われわれは、ただ人生の幸福を探求するため躍進するものである。仮に与えられた職業や名称のために、自らの暴力を是認する態度を、われわれは排斥し且つ軽蔑するという内容であった。

彼は短歌を書き終ると、興奮状態から抜け出したものか、静かな足どりで自分の席に帰って行った。私達は彼の巧みな即興歌を感心するあまり、また彼の芸術的衝動の湧いてくる由来を眼前に見て知っていたので、一種の囁き声をもって賞讃した。ところが窓に腰をかけていた学生の一人は、床にとび降りると、ずかずかと教壇に出て行った。そして教壇にあがると、惜しげもなく黒板のアララギ調を消してしまった。

私達はこの闖入者《ちんにゅうしゃ》がどんな新趣向の演説をするかを待った。ところが彼は私達の期待に反して、黒板に英語でもって詩を書きはじめたのである。彼は白いチョークで、四つのスタンザから成立する詩を書体正しく書いた。それは一箇所の綴りの誤りもなく、うまくテイダン・テイダンの韻律をふんでいて、次のように訳述することができた。

「この春の日の楽しき部屋に、桜の花びらは微風にしたがって吹きこみ、彼方には陽炎《かげろう》が講堂の屋根に立ちのぼる。学生達の蒼白き額にうつる青葉の色は、うっちゃって置けば彼等の皮膚にしみこむであろう。かすかにきこえるのは僧園の鐘の音である。けれども、われ等は今悲しみにみちる。このしのびやかな蒼白さと真紅とのうちに、蒼白さは悩みであり真紅は希望であるが、激越なる格闘こそ勃発した。格闘は呪われてあれ」

この英文に対して、私達はあまり感心しなかった。この文章は少しも積極的ではなく、かかる非常時に於ては季節をうたう詠歎や描写は、私達の感覚的原子を満足させなかったからである。

ところが、またもやその次に教壇に出て行ったものがある。その学生の後姿はまるで痩細った西洋の神主であった。

彼は黒板の英文を消して、次のようなことを書いた。

「こんな不愉快な争いを僕達の教室でくり返すのは、僕は嫌だ。僕はこの傾向はよくないと思う。僕は末梢神経はきらいです。僕は一刻たりともこの教室に居たくない。諸君よ、さらば！　時々おたより下さい」

そして私達の驚きに価したことは、彼は悲痛な顔をして、彼の主張通り教室を出て行ってしまった。彼はあまり興奮していたので、自分の席に帽子やノートやインクを置き忘れたまま出て行った。したがって彼の隣席の学生は周章《あわ》ててそれ等の品物を持って、その持主の後を追わなければならなかった。

今度は誰が教壇へ出るだろうか。私達はお互に顔を眺めあっていたが、私達の期待は充たされた。壁に凭《もた》れて立っていた学生が、私達の拍手におくられながら、教壇へ出て行ったのである。彼は黒板に記されてある悲憤の文章を消し終ると、赤いチョークでもって、

「ソンナニオコルナ」

と大きな字で書き、手に持ったチョークを二つに折って床へたたきつけた。そして彼が教壇から帰ろうとした時、一番うしろの席についていた一人の学生は彼の机の上にとびあがり、人々の机の上を歩いて行って、教壇にとび降りた。彼は黒板の片仮名を拭き消したが、何も書かないで朗らかに笑いながら彼の席に帰って行ったのである。

——今は最早、私は知っている。青春とは、常にこの類の一幕喜劇の一続きである。壁に人体の素描をこころみるものは、なるべく大きな人体を肉太に描け。編上靴の紐をしめるものは、力をこめて紐をしめよ。窓から桜の花をむしりとろうとするものは、思いきって大きな枝を折れ。足駄をはいて教壇へはいるものは、大きな足音をたてて

はいって行け。学生監の腕力や叱り声に驚くな。束の間に青春はすぎ去るであろう。そうして休憩時間などは——その楽しい追憶以外には決して……。

コカコーラ・レッスン

谷川俊太郎

谷川俊太郎（たにかわ・しゅんたろう）

一九三一年、東京府生まれ。五二年、第一詩集『二十億光年の孤独』を刊行。詩作に留まらず、作詞・翻訳・評論分野でも活躍。七五年『マザー・グースのうた』で日本翻訳文化賞、八二年『日々の地図』で読売文学賞、九三年『世間知ラズ』で萩原朔太郎賞、二〇〇五年『シャガールと木の葉』で毎日芸術賞、一六年『詩に就いて』で三好達治賞受賞。他受賞歴・著作多数。

　その朝、少年は言葉を知った。もちろん生まれてからこのかた、彼は言葉を人なみに話してきたし、いくつかの文字を書くこともできた。その年ごろの少年としては、語彙はむしろ多いほうだったし、実際、彼はそれらをなかなか巧みに使っておどしたり、だましたり、あまえたり、ときには本当のことを言ったりもしていたのだが、それはそれだけのことだった。いまとなっては、ただ使うだけの言葉などというものは、とるに足らぬもののようにも思えるのである。

　きっかけはごく些細なことだった。その朝彼は突堤の先端に腰かけて、誰もがやるように足をぷらんぷらんさせていたのである。そのとき、なまあたたかい波しぶきが、はだしの踝にかかったのだ。周囲に語りかけるべき他人はいなかったし、それはべつに言葉にする必要など全くないささやかな出来事だったのだが、なんのはずみか彼はその瞬間、〈海〉という言葉と〈ぼく〉という言葉を、全く同時に頭の中に思い浮かべたのである。

　それから先、彼には考えることも、言葉にすべきこともべつになかった。彼はだから、〈海〉・〈ぼく〉というふたつの言葉を、ぼんやりと頭の中でおはじきでもするみたいに、ぶつけ合わせていたのだが、そのうちに妙なことが起った。〈海〉という言葉が頭の中でどんどん大きくなってゆき、それが頭からあふれ出して、目の前の海と丁度ふたつの水滴が合体するような工合に、突然とけ合ってひとつになってしまったのである。

それと同時に、〈ぼく〉という言葉のほうは、細い針の尖のように小さく小さくなっていったけれども、それは決して消滅はしなかった。むしろ小さくなればなるほど、それは頭の中から彼のからだの中心部へと下りてゆきながら輝きを増し、いまや海ととけ合った〈海〉の中で、一個のプランクトンのように浮遊しているのだった。

これは少年にとって思いがけぬ経験だったが、彼は少くとも初めのうちはおどろきもしなかったし、不安も感じなかった。それどころか彼は口に出して、したり顔に「なるほどね」と言ったくらいだ。しかしもちろん、冷静だったというわけでもない。彼はからだの内部に、自分のものではない或る強い力の湧いてくるのを感じた。

思わず立ち上りながら、彼は「そうか、海は海だってことか」と呟いた。そうしたら、急に笑い出したくなった。「そうさ、これは海なんだよ、海という名前のものじゃなくて海なんだ」もし友人がかたわらにいたら、こんな独白は一笑に付せられただろう。頭の隅でちらとそんなことを考えながら、彼はふたたび呟いた。「ぼくはぼくだ。ぼくはいるんだ、ここに」そうして今度は、泣き出したくなった。

急に彼はおそろしくなった。頭の中をからっぽにしたかった。〈海〉も〈ぼく〉も消してしまいたくなった。言葉がひとつでも思い浮かぶと、頭が爆発するんじゃないかと思った。言葉という言葉が大きさも質感もよく分らないものになってきて、たったひとつでも言葉が頭を占領したら、それが世界中の他のありとあらゆる言葉にむすびつき、とどのつまりは自分が世界に呑みこまれて死んでしまうのではないかと感じたのだ。

だが、その年ごろの少年の常として、彼は自分で自分を見失なうというようなことはなかった。自分でも気づかぬうちに彼は突堤へ来る途中で買って手にもっていたコカコーラのカンの栓をぬこうとした。けれどおどろいたことにそれができなかった。どうしてかと言うと、手にしたカンを一目見たとたん、彼の頭の中にまるでいなごの大群のような無数の言葉の群が襲いかかってきたからである。

それはしかし必ずしも予期したようなおそろしい事態ではなかった。逃げちゃいけない、踏みとどまるんだ、年上のずっと背丈の大きい少年相手の喧嘩のときと同じように、彼は恐怖をのりこえるただひとつの道を択んだ。赤と白に塗り分けられた手の中のカンは、言葉を放射し、言葉を吸引し、生あるもののように息をしていた。苦しいのか嬉しいのかもよく分らぬまま、彼は言葉の群に立ち向かった。渦巻くまがまがしい霧のように思えたその大群も、ひとつまたひとつと分断してゆけば、見慣れた漫画のページの上にある単語と変らないものだった。

この一種の戦いは、実際には悪夢の中でのように一瞬の間に行われたのである。たとえば彼がカンのへりの上に、そこから始まる、あるいはそこで終る無限の宇宙を見たとしても、彼自身は全くそのことを意識しなかった。彼は自分のもつ語彙のすべてをあげて、自分を呑みこもうとする得体の知れぬものを、片端から命名していったのだと、そういうふうに言うことも可能だろうが、その中にはまだ彼の意識下に眠っている未来の語彙までもが含まれていたのだ。

一個の未知の宇宙生物にもたとえられる言葉の総体が、一冊の辞書の幻影にまで収斂したとき、彼の戦いは終っていた。海はふたたび海という名のものに戻っておだやかにうねり、少年は手の中のコカコーラのカンの栓をぬき、泡立つ暗色の液体を一息に飲み干して、咳きこんだ。「コカコーラのカンさ」と彼は思った。一瞬前にはそれは、化物だったのだ。

彼はからっぽになったカンを、いつものように海へと投げるかわりに、踏み潰した。

はだしの足は多少痛んだけれども、かまわずに何度も何度もぺちゃんこになるまで踏んだ。彼自身はその奇妙な経験をむしろ恥じていて、それを他人に伝えようなどとは考えもしなかったし、またそこから何かを学ぶということもなかった。その日から数十年をへて、年老いた彼が死の床に横たわっているとき、なんの脈絡もなくこの出来事を思い出すとしても、それは他のあらゆる思い出と同じく、すでにとらえることの難しい一陣の風のようなものに変質してしまっているだろうが、それ故にそれはまた、失われつつある五感とはまたべつの感覚を刺戟して、彼をおびやかすにちがいない。

その朝、少年は足元の踏み潰されたコカコーラのカンを見下して、ただ一言、「燃えないゴミ」と呟いたに過ぎなかったが。

工夫の減さん

町田康

町田康（まちだ・こう）

一九六二年、大阪府生まれ。八一年、レコードデビュー。九六年、小説「くっすん大黒」発表。九七年、同作でBunkamuraドゥマゴ文学賞、野間文芸新人賞受賞。二〇〇〇年、「きれぎれ」で芥川賞、〇一年、『土間の四十八滝』で萩原朔太郎賞、〇二年「権現の踊り子」で川端康成文学賞、〇五年『告白』で谷崎潤一郎賞、〇八年『宿屋めぐり』で野間文芸賞受賞。他著作多数。

滅さんから手紙が来た。手紙というと娘のようだけど滅さんはおっさんである手紙には、

「猫の子をひらったので見に来て下さい。とても可愛い。名前をつけてください。今年の冬は厳しいキツイ、ピース」と書いてあり、ピースの後に、Vサインをする手の絵が描いてあった。滅さんはたったこれだけのことを白紙に書き封筒に入れポストのところまで歩いていって投函したのだ。俺は滅さんに電話をかけた。

「別に電話でもいいよ」

「うん。でも仕事中だったら悪いと思って」

「仕事中でも別にいいよ」

「じゃあ、今度は電話にするよ」

「そうしてよ」という話は以前にもした。しかし滅さんは相変わらず電話をかけてこず、俺はなかなか猫の子を見に行けなかった。

滅さんは杉並区高円寺のフォレストコート南光という名前の建物に住んでいた。い

ったいなにがフォレストなのかさっぱり分からない二階建ての共同住宅で、滅さんの部屋は外廊下を通って奥から三軒目の103号室だった。滅さんはここに住んで十年になる。間代は八万円だといっていた。

脱ぎ散らかした靴で埋まった狭い玄関を上がると手前に六畳の板の間、左手に流し台とトイレと風呂場、その奥にも六畳間があってひとりで生活するには十分に広いのだけれども滅さんは往来のゴミ捨て場等からいろいろなものを拾ってくる癖があり、板の間も六畳もそれら拾い物でいっぱいで上がり框のところで身体を横にしないと奥に進めないくらいだった。

しかし実際それらはなんの役にも立たぬくだらないもので、だから人が棄てたのだけれども滅さんは棄ててある物を見るといてもたってもいられなくなるらしい。

例えば滅さんの部屋にはテレビが四台あったが満足に映るのは一台もなく、なかのもっとも古びて汚らしいのが辛うじて人物の顔が判然とする程度に映るのであった。その他にも、石油ストーブは三台あったし、扇風機もそこいら中にあり、炊飯器も電子レンジも複数台あった。しかしどれもどこかしらが壊れていて満足に作動せず、また型の古いものだから技術の進歩した現在からみると実に使いづらかったり色やデザインが古くさかったりした。

しかしなかには完全に作動する物もあって、そんな数少ない物のひとつに正式な名称をなんというのか判然としないが美容器具の一種だろう、腹を揺すぶる機械があった。実に珍妙な機械で高さは一メートルくらい、全体にグリーンの花柄がプリントしてあり、体重計のような台から棒が生えていて棒の先端に護謨《ゴム》とプラスチックでできた帯のような輪っかが取り付けてあった。台の上に立ち腹に帯を巻いてスイッチを入れると帯のような輪っかが細かく振動、帯が腹を揺すぶるのだった。

しかしそんなものが作動していったいなんの役に立つだろう、なんの役にも立たない。したがってこの腹を揺すぶる機械は減さんの家の片隅で誰の腹を揺すぶることもなくただむなしく佇立しているのである。

いったい減さんがなにを考えてこんな物を拾ってきたのかさっぱり訳が分からぬが俺は減さんがそうして訳の分からぬ物を拾うところを目撃したことがある。

俺と減さんは減さんの家の近くにある土俗楽器を専門に商う楽器店を目指して歩いていた。俺がシタールを買おうとして、しかしそういう買い物に慣れていないから減さんに付き添って貰うことにしたのである。

駅から続く大通りを歩いていると建築中のビルの前に金網を張ったゴミ箱が置いてあった。休日なので人気はなく、歩道にはみ出た資材に青いシートがかけてあった。

ゴミ箱のなかには材木やドンゴロスに詰まったコンクリートの塊や空き缶などが棄ててあった。

眩しそうな目でゴミ箱を見つつ歩いていた滅さんは一瞬立ち止まって、お。と声をあげるとゴミ箱に駆け寄りなかから布を引っぱり出した。布は長大で滅さんはなかなか引っぱり出せなかった。人目を気にした俺は脇から、そんなもの拾ったってしょうがないからやめろ、と何度も言ったのだけれども滅さんは肯かず、とうとうこれを引っぱり出してしまった。三メートルくらいある布には、なによりかによりまず安全、といった文言が禍々しいような書体で黒く染め出してあった。布は工事現場の標語を染め出した垂れ幕であったのである。

ところが滅さんはなにを思ったのかこれを珍重、部屋に持ち帰ると言って、くるくると丸めると二人用の枕くらいな大きさになった布を小脇に抱えて歩き出したのである。

その様たるやなんだかみっともなく、また、若干湿った布はおかしげな匂いを発散していて、そんなものを持って楽器店に行きたくない俺は再び、そんなものを持ち帰ってもなんにもならんだろう、と忠告したのだけれども滅さんは、いや駄目だ。と言い張って布を棄てようとはせず、とうとう楽器店の前まで持ってきてしまった。しょうがないのでそのまま楽器店に入ったが、結局、早々に楽器店を出てしまった。主たる理由は到底、弾きこなせそうにないシタールを目の当たりにした俺が気後れの挙げ句へどもどしてしまい楽器を十分に閲することも店員に質問をすることもできなかったのが原因だが、気後れしたのには、減さんがおかしげな布を持っているということも少しは関連しており、俺がいまだシタールを買えないでいるのは何割かは減さんのせいである。

結局、その日いち日減さんは布を持ち歩き、シタールは買えなかったけれども付き合って貰ったお礼に一献差し上げようと立ち寄った酒場でも布を足の下に置いて麦酒、ウイスキーを飲み、したたか酔っぱらったのにもかかわらず、これを忘れずに小脇に抱えて部屋に帰ったのである。

後日、減さんの部屋に行くと布は玄関を入った左手の壁に画鋲で止めてあった。しかし背後に下駄箱があったり、それ以外にも様々な雑多な物があるせいで中途で折れ曲がり、しかも天井が低いため折角の標語が仕舞いまで読めない。

このことからも知れるように減さんはただテレビジョンや冷蔵庫といった実用的なものばかり拾ってきたわけではなく、そうして部屋を飾るものも拾ったし、この布のように、拾ってきたものを実際に部屋に飾るなど、趣味的な傾向も減さんにはあったのである。

しかしそれが成功しているかというとまた別問題で、非実用的なものを飾ればそれでよい、という訳でもなく、ひとつびとつのアイテムが悉く右の旗のごときおかしげな品々、すなわち朽ちた標識、工事現場のバリケード、同じく工事現場の照明、薬局の前に置いてある動物を模したおかしげな人形、木彫りの熊、妙な壺、気ちがいが描いたような油絵、おもちゃのピアノ、腐ったような掛け軸などであるのだから、よほどのお茶人でない限り滅さんのこの趣味を理解するのは不可能なのである。

さらに滅さんは自炊をしていて、しかも料理には凝る方であったから流し台、ガス台のあたりも非常に混乱していた。

滅さんは食道楽だった。といって高価な料理を食べ歩くなどという高級なものではなく町の食堂やラーメン屋などの安手の料理を食べては難しい顔をしてこれを批評するのであった。

滅さんには「こだわり」があったのだった。しかし滅さんの最大のこだわりは、安い、ということであったかも知れない。滅さんに言わせると、「エスニックフードがいちばん好きだね」とのことだが、東京で食べるそれはしばしば滅さんにとっては高すぎ、滅さんはときおり食べるそれを自宅で効率的に再現しようと、様々のスパイスやソースその他の食材を都心に出掛けていって購入、ガスレンジの向こう側に並べて得々としていた。

しかし減さんに、なになにを拵えて非常にうまくいった、という話を聞いたことがない。減さんは大抵、「なになにを作ろうと思って大失敗しちゃったよ」と笑いながら言った。その失敗談を聴くに失敗の原因は、そうしてわざわざスパイス等に「こだわった」のにもかかわらず、肝心の肉や魚、或いはその料理にとって特徴的な野菜などを、高価である、ということを理由に他のもので代用してしまう或いは省略してしまうことが原因であると推測される。

このように減さんはいつも失敗をしていたが、家庭人としてもまた、減さんは根本的な失敗者だった。

減さんと、減さんの行きつけの、入り口の階段の急な狭い店に行き、ふたりで麦酒と清酒を飲み、別の店に行って泡盛に氷を浮かべて飲んだら無暗に旨かったのでがぶ飲みをしたところ気がつくと足腰が立たなくなっており、また視覚がおかしくなっていて景色に緑色のフィルターがかかっていたり、店の看板やネオン或いは通行の人などが横に流れる線に見えたりするようになったので、ひとりで帰るのは危険と判断、減さんに手を引いて貰いながら減さんの部屋に唱いながらたどり着き、そのまま一泊させて貰ったことがある。

押入から引っぱり出した客用布団にくるまって気絶するように眠り、目が覚めたら午前《ひる》で、減さんは仕事に出掛けたのかいない。頭ががんがんして胸がむかむかした。当然のごとくに宿酔だった。早々に帰ろうと思ったがなかなか布団から出ることができず、それどころか横になっていることすら苦しくて俺は布団のなかで惨憺たる状態だった。

でも俺はそのような状態でありながら少しでも楽になろうと布団のなかであがいていた。例えば、左の側頭部を枕にぎゅんぎゅんに押しつけ、掛け布団の縁を顎の下にぎゅんぎゅんに詰め込んだ挙げ句、毛布を抱きしめると身体が楽になったような気がした。しかしながらこの楽は永続的なものではなく、すぐに苦しみが襲ってくる。そうなると今度は、右の側頭部を枕に押しつけ、先ほどの体勢が反転した体勢になるように枕、掛け布団、毛布の具合を調節するのである。

この調節はちょっとした毛布の皺の寄り具合、或いは布団のなかの綿の偏り具合、或いは着用のティーシャーツの具合なども影響してとても微妙だったし、なんども寝返りをうち、また夜中に寝暴れたせいで紐のようになってしまっているシーツ、ぐしゃぐしゃになった布団、よじれた毛布などが渾然一体となってしまっているため偶然性に左右されたし、仮に完璧に調節できたとしてもすぐに苦しみが襲ってきてその体勢は耐え難いものとなって、俺は永遠に調節を続けなければならなかった。

でもそんななかでも何回かのうちの一回は、実に完璧に調節ができることもあり、そんなときは宿酔が終わったような錯覚に陥りさえしたが、もちろんそんなことはなく、また寝返りをうって一から調節をやり直さなければならず、その際は先ほどのとてもいい感じだったイメージが頭のなかに残っていてどうしてもそれを追い求めるものだから、なかなか思い通りに行かない。

そんなとてもうまくいった直後の不本意なもぞもぞをやっている最中、それにしてもうまくいかず苦しみがつのり、そのうえ背中のあたりに実に不快な異物感があったので手を伸ばして確認のうえ除去しようとしたのだけれども、布団の中はますます混乱していて、根本的にこれを除去するためには一度、起きあがって布団を敷き直すくらいの抜本的な改革が必要で、しかし寝返りをうつだけでもはあはあいっているくらいだからそんなことは到底不可能でやむを得ず、背中に手を伸ばしてぐじぐじ引っ張っているとどういう加減か異物がするりと抜けて、かくまで俺を苦しめたのはなんだろうとかざしてみると果たしてそれは皺くちゃになった赤いワンピースだった。

若い女が着るようなデザインの安っぽいワンピースを見てがんがんする頭に浮かん

だのは滅さんもああ見えてなかなかやるなあ、という感慨で俺は自らの惨状を一瞬忘れて、たはっ、と笑った。

それがあやまりであるのが分かったのはそれから二時間後、おろし蕎麦を食べれば苦しみが去るのではないかという妄念にとりつかれ、蕎麦屋の出前表を探し回っているときだった。

滅さんの部屋は拾いものがそこここに繁茂・繁栄しているジャングルのようで出前表は簡単には出てこず、俺はだいたい通常、そういうものが置いてある筈の場所を探し回った。書棚のクリアファイル。デスクの下の書類ホルダー。オーディオが置いてあるスチールの棚。およそ出前表がありそうなところを探してまわったのだけれども見つからず、替わりにというわけではないが、至るところに女と滅さんが並んで写っている写真が立ててあるのを見つけた。

旅行中のショットだろうか、水辺のようなところで少し若い滅さんは半ずぼんに開襟シャーツという姿で椅子に並んで眩しそうにカメラを見ている。そしてその脇に髪の長い若い女、ティーシャーツにミニスカートという恰好で滅さんに寄り添って腕を取り若干身体を傾けてこれもカメラを見ている。或いは、若向きのバーか、そここにチラシやポスターが貼ってある壁とカウンターの間の廊下のようなところで滅さんは麦酒、女はジンジャエールを持っている。或いは一月元旦の日付のある写真。神社の拝殿の前で滅さんは破魔矢、女は信玄袋のようなバッグを持って立っている。

大分経ってから写真の女について滅さんに聞いたところ、滅さんは、「しばらく一緒に暮らしてたんだけどね。なんか突然おん出てっちゃったんだよ」ときわめて何気ない口調でいい、その後、一分ほど黙っていたのだった。それきりかい？　と訊くと「例の店でたまに顔を合わす」という。で、話しくらいはするのかい？　と訊くと、「まあ少しはね」と言ってにやにや笑った。

格別の強い主張もなさそうな、いつもぽかんとしたような表情を浮かべていた女はなにを思って滅さんと同棲を始め、なにを思って滅さんの家を出ていったのだろうか。おそらくは滅さんのしみったれた感じが厭になったのだろう。

年下の女に、安価な即席ラーメンに市販の総菜や調味油を組み合わせることによって味がよくなるとか、百円で郵便小包を送る法など真剣に説いてやまぬ年上の男に対して、年下の女が、この男はこの先見込みはないな、と思うのは無理からぬところで、滅さんのそういう生活のいろいろな局面における工夫、これが祟って滅さんは家庭生活に失敗したのだろう。

つまり滅さんは様々な工夫をこらす。これによって失敗するのである。例えば料理に関してだと、本来であれば牛を使うべきところを牛は高価だからそこは工夫をして内臓肉で代用してみる。そして失敗をする。

或いは女が結婚をしたいといった。女が望むのは通常の結婚のイメージだった。しかしながら結婚には諸費用がかかる。そこで滅さんは得意の工夫をした。知り合いの喫茶店マスターに頼み込んで閉店後の店を格安で借り、衣装は借り着でも高いので神社の朝市に出掛けていって午頃まで親爺と商談、一揃え五千円でドレスを買ってきた。もちろんデザインは珍妙である。案内状は友達に借りたプリントゴッコで印刷をすれば安いよね、と女に言って、でも女は返事をしない。失敗をした。

そうして失敗の原因である工夫を滅さんがやめぬのは滅さんが、通常の方法や手段をとるよりも一工夫してうまくやったほうが嬉しい、面白い、愉快だと思っているからで、「こうすればこうなってこうなるからこう得だ」という説明をしているときの滅さんはとても嬉しそうだった。

しかし滅さんが工夫をするのには実際的な理由もあった。完全な趣味、洒落、冗談で工夫をしているというわけではなかった。すなわち滅さんの収入は常に不安定で滅さんは年中貧乏をしていたからである。

実際滅さんはいつもぴいぴいいっていた。絶対的に収入が不足していたのだろう。

飲み代を小銭で払っているのを見たことがある。
かく減さんの収入が少ないのは減さんの稼ぎが悪いからに他ならず、では減さんがなんの仕事をしていたのかというとそれがはっきりしない。減さんは仕事においてもいろいろと工夫をしていたのである。

減さんは人に職業を聞かれると、自分はフォトグラファーであると答えていた。しかしフォトグラフを習い覚え始めた際、減さんはまともにフォトグラフを練習しないでもっぱら様々の工夫をすることによってフォトグラフを撮れるようになってしまったので減さんのフォトグラフはフェイクだった。そして一度そういう癖がついてしまうとこれを矯正するのは甚だもって難しく、まったくの初心者が一から練習を始めるよりも困難なのである。そんな風ななまじな工夫をしてしまったために減さんはフォトグラフにおいてある一定の水準よりうえ、すなわちフォトグラファーとして定収入を得るところまでは進めないでいたのである。

そこで減さんは種々のアルバイトをするのであるが、どうも腰が定まらぬというか、職探しにおいても持ち前の工夫が邪魔をして、いちおうデザイン事務所に不定期で勤めるという職はあるものの、自作の楽器をフリーマーケットで売ったり、友人がオープンした酒場を手伝ったりするという、なんとなく工夫的なニュアンスのある仕事に傾斜しがちで、行けば行ったで時間給を貰えるという曲のないデザイン事務所の雑用は気が進まぬ様子なのであった。

減さんに金がないのはもうひとつ理由があってそれは貯蓄をしているからであった。というと、貯蓄をしているのなら金があるんじゃないか、と思うが、それは確かにそうで、減さんとて現状の、フォトグラフも上達せず、また定職もなく工夫ばかりしているという状態に甘んじていたわけではなく、減さんはいずれは仲間が集って酒が飲めちょっとした食事ができて音楽が聴ける店をオープンしようと鋭意、貯蓄に励んでいたのである。

しかしこのことが減さんをより貧乏にしていた。減さんは貯蓄をしなければならない。しかし収入は不安定である。そこで減さんはさまざまに工夫をして金を浮かそうとする。

例えば減さんの髪型は頻繁に変わった。ドレッドヘアーだったり、全体を短く刈り前髪を屋根瓦のようにびんと立てていることもあった。色も茶色だったり金色だったり部分的に青かったりといろいろだ。しかしこれは好きでやっているのではなく減さんの工夫の一環でつまり減さんは知り合いの美容学校の生徒の練習台となることによって散髪代を浮かしているのである。もちろん珍妙で少しも似合っていない。

減さんは得意満面で悦に入っている。しかし人がなぜ散髪をするのかというと髪の毛が伸び放題に伸びていると見苦しく、そのように見苦しい風体をしていると人格的評価が低下するから人は代価を払って散髪をするのである。そして減さんはこの代価の部分を工夫によって省略、代価を支払わずに散髪を済まして喜んでいたのであった。

しかしここで本末が転倒してしまうのは確かに散髪はしたがそのことによって減さんの髪型が珍妙になってしまっているということで、いくら代価を省略できてもそうして珍妙になってしまったのでは散髪をした意味がない。料理しかり、ウェディングドレスしかり。減さんの工夫が悉く失敗に終わるのはこのように本末が工夫によって転倒してしまうからであるが、そうなると減さんとていつまでも悦に入っていられない。そういうとき減さんは、「なんだかうまくいがねーなー」と呟くが、つまりは気持ちが鬱屈・内向してしまっているのであって、鬱屈・内向した気持ちを解消すべく減さんは酒場に出掛けていき、そこで少なからぬ金を費消してしまうのである。

つまり貯蓄をするためにいろいろの工夫をして節約するのだけれどもその工夫が一定の効果を上げぬため、精神が鬱屈・内向、これを散じるために入費がかかり、その入費が工夫によって節約した金高を常に上回っていたのであり、減さんが貧乏をしているのはなまじ貯蓄をしようとしたからであるといえるのである。

しかしそれとて滅さんが工夫をせずいま少し地道な手段、方法をとればそんなことにはなっておらず、滅さんはいわば工夫によって窮地に追い込まれていっているともいえるが、しかしそれをなんとかしようとして滅さんはますます工夫をするのである。

博奕で身を滅ぼしたとか女でしくじったとかいうのは聞いたことがある。しかし工夫で身を滅ぼしたというのは聞いたことがない。けれども滅さんを見ているとそんな言葉が浮かぶ。

やっといろいろな雑事にきまりをつけて猫の子を見に行った。

滅さんの部屋がより一層混乱していた。

混乱した部屋で滅さんは工夫をしていた。

滅さんは空のペットボトルとクッキーの缶をガムテープでつなぎ合わせていた。滅さんは自分が内向した気を散じるために酒場に出掛けている間、子猫が渇死せぬように自動水遣り器を拵えているのだった。おそらく千円かそこいら出せば町でいくらでも購入できるものだろう。けれども滅さんはそれを貯蓄に回すため自ら工夫する、失敗する、鬱屈する、飲みに行く、貧乏する。

ところがこういうこともたまにはあるのだ、滅さん作の自動水遣り器はなりは不細工なものの堂々完成をした。と、滅さんは突然、甘えたような声で、

「シャマス、シャマス」と言った。

「なんだ？　そのシャマスってのは？」

「猫の名前なんだよ」

　問答をしていると椅子の下からそのシャマスが顔を覗かせた。耳がきわめて大きく、まん丸な目を見開いて首を傾げ不思議でならぬという顔をして一心にこちらを凝視している。減さんがまた呼んでもなおそうしている、と、突如として脱兎のごとくに駆けだしたかと思ったら、俺の尻の下に垂れていた座布団を椅子に留める紐に両手両足を広げて飛びかかり、飛びかかって揺れた紐を前肢で殴打する。寝転がって後肢で蹴るなどする。かと思ったら突如として立ち上がり、なにかに驚愕したかのようにその場から一尺も横っ飛びに飛び下がり、またぞろ駆けだしてソファーの下に頭ばかり突き込んで尻をもぞもぞさせた挙げ句、ようやくなかに入ったかと思ったら直きに顔を覗かせて意欲的な目でこちらを見ている。そうなるとこっちだってもう心得ているからそこいらにあったいい加減な紐を揺すぶってやると喜んで走ってきて、紐の動きにあわせて実直に首を振り、やがて我慢できなくなって飛びかかった後は全身全霊でこれと闘う。またソファーの下に走っていく。ソファーの背によじ登って落ちる。花活をひっくり返す、などしているうちに眠くなったのかシャマスは、あみゃみゃと鳴きながら滅さんの足をよじ登り、太股のところでぺちゃんこになって眠ってしまったのである。目を閉じて眠っているその様がまた可愛らしく滅さんに、「シャマス可愛いね」と言うと、「でしょう?」と言って滅さんは得意そうにシャマスの頭を撫でたり耳を折り畳んだりしていたのだが、ややあって滅さんは、「じゃあ、ちょっと飲みに行く?」と言った。しかしシャマスはほうっておいてよいのだろうか?「大丈夫かい?」と聞くと滅さんは、「大丈夫、大丈夫。のどが渇いてもほら水遣りがあっから」と言ってシャマスを膝からそっと降ろし、ソファーのうえに置くと、「じゃあな、ちょっと行ってくっからな」と言ってそそくさと上着を着たのである。

我々はいつもの滅さんの馴染みの店に行きカウンターの前に座り麦酒や清酒を飲んで酔っぱらった。店の壁には様々のポスター、チラシに並んで滅さんの写真で拵えたポストカードも貼ってある。店には滅さんの知り合いがたくさんいてみんな滅さんに声をかける。滅さんはここでもみなにシャマスの話をしていた。

それから何ヵ月か経って、珍しく滅さんが電話をかけてきた。憔悴しきっていた。シャマスが病重篤だという。

その直前までシャマスは元気に走り回り飯を食っていたらしい。ところがトイレに入ったのをなにげなく見るとトイレに鮮血が迸っていたのだという。慌てて抱き上げもっとも近い獣医院にかけこんだところ、動物に対して深い愛情を抱いているらしいその獣医は、なぜこんなになるまでほうっておいたのか。いま少し放置すれば助からなかった。と色をなして怒り、でも直前まで元気に走り回り飯も食ったのだ、とおろおろしつつ言う滅さんに、それは気散じな猫だ。通常、そんなことはありえないのだが、と訝ったらしい。

俺は滅さんに、「で、どうだったの」と尋ねた。シャマスが助かったのかどうかを尋ねたのである。すると滅さんは、「それが助かったんだよ」と情けない声で言った。おかしな話である。助かったということは祝着至極なことであってなにをそんなに情けながるということがあるのだ、俺は滅さんに、「じゃあ、よかったじゃない」と言った。ところが滅さんは、「それがさあ」と一層情けない声を出した。

つまりシャマスの手術代金五万八千円が滅さんにとっては相当にこたえたらしく、それが切なくて滅さんは情けながっているのであった。滅さんは五万八千円を工面すべく大事のカメラを入質、それでも足りずに消費者金融で金を借り、その利払いにも苦しんでいるのだという。滅さんは言った。

「でわりーんだけどさあ」「なに？」「カネ貸してくんねーかな」

飲みに行くからカネを貸せ、或いは、貯蓄をするからカネを貸せといわれたら俺だって貸さない。しかしながらもこういう不測の事態であれば貸さないわけにはいかぬだろう、俺は家賃を払おうと思って取りのけてあったカネから六万円を抜いて紙に包み、取りに来た滅さんに手渡したのである。

「わりー。助かったよ。ひっさしぶりに写真の仕事入ってさあ。明日撮影なんだよ。ほんと助かったよ。わりい。ギャラ入ったらすぐ返すから。わりー」左手で拝んで、ちょっとあがってくか？ というのを断って滅さんは帰っていった。

それから暫く滅さんからはなんの音沙汰もなかったが、俺は少しく気色を悪くしていた。というのは酒場に滅さんがさいさい現れるという話を聞いたからである。

他に借銭がありながらそれを返さず酒を飲むというのは誤りである。他に借銭があるなら先ずそれを返し、しこうして後、酒を飲めばよい。しかし滅さんがそれをしないというのは、借銭という工夫をして酒を飲んでいる心算なのだろう、俺は、小癪な奴、と思った。

思っていると一度電話をかけたら気楽になったのか滅さんがまた電話をかけてきて、なにをいうのかと思ったら、シャマスを貰ってくれないか？ という。訳を尋ねると、件の獣医に通院、加療を続けたところシャマスはエフユーエスであるという診断が下り、特殊の食事を与えなければならず、その食事はきわめて高価で、通常のキャットフードであれば三キロで六百円程度で済むというのに、同じ分量で四千八百円ほどにつくというのである。減さんは、「とても払いきれない」ので工夫をして市場に出掛けていき、鰺等、鮮魚を購ってきて水煮にして与えたがシャマスは鰺が嫌いなのか殆ど食べず、またこれとてそんなに安くはないので自分としては、「とても飼いきれない」というのである。

呂律がおかしかった。酔っぱらっているのか、と尋ねると、減さんは、シャマスが鰺を食べないので身アラを買ってきて水煮にして与えたところこれも食べないので調味し直して身アラを肴に冷酒を飲んだ、と言った。

俺はもう小癪どころでなくはっきりと腹を立て減さんに思ったことを率直に言った。「減さんはそうやって工夫ばかりしてるけどその工夫っていったいなんだ？　ただの工夫じゃねぇか」腹がたって興奮しているのでなにをいっているのかよく分からない。そのことにも俺は興奮して、

「いい加減に工夫をしないでまっとうにっていうか通常にやったらどうなんだ？　シャマスの餌だって、なんだ、三キロ四千八百円かそれくらい、真面目にデザイン事務所の雑用に行けば買える金額じゃないか。それをしないで工夫ばかりして楽器作ったりそんなことばかりしているから減さんは駄目なんだよ。真面目にやれっつの。それ

にだいたいさあ人にカネ借りて酒飲んでんじゃねぇよ。その飲み代でシャマスの餌くらい買えっだろーがよ。そんなんだから写真だってうまくなんねぇんだよ。工夫する前にちゃんとピント合わせろっつーんだよ。調子こいて工夫ばっかりしてんじゃねぇよ、たこっ」言うと減さんは黙ってしまい、ちょっと経ってから涙声で「悪かった。カネは返すから」と言って一方的に電話を切った。

電話が切れた後も腹立ちが収まらず俺は、あの工夫野郎が、などと毒づきながら部屋のなかをぐるぐる歩き回り、そうするうちになぜか、身アラで冷酒が飲みたくなり居酒屋に出掛けていって身アラで冷酒を飲んだりした。

減さんが死んだというのを聞いたのはそれからひと月ほど経ってからである。知らしてきたのは減さんの行きつけの店で一度話したことのある若者で、そういえば、と思い、名刺を見て電話をかけたのだそうだ。若者は葬儀等は近親者で済ませたこと、死因は自殺らしいことを告げ、俺はもっと詳しいことを聞きたかったが彼自身も肝心なことはよく知らないらしくはっきりしたことは聞き出せなかった。俺は礼を言って電話を切った。

自殺らしいというのが心に引っかかった。俺は減さんに相当手厳しいことを言った。シャマスも引き取らなかった。それが自殺の原因なのだろうか。くよくよしていると例の若者からまた電話がかかってきた。

　葬儀等を近親者で済ませてしまったので友人で別れを告げたものは少ないので誰いうともなしに件の店で偲ぶ会をやることになったのでぜひきて貰いたいとのことだった。俺は行くとも行かないとも言わずに日時だけを聞いて電話を切った。切り際、若者は屈託のない口調で、「じゃよろしく」と言った。

　結局行った。もし自殺の原因が俺だったら俺、そうでないならそうでないとはっきり知ったほうがすっきりすると思ったからである。

　集まっていたのは男女十人足らずでいずれもヒッピー風のぱっとしない連中だった。中途半端な煮え切らない集まりだった。会が始まる直前まで雨が降っていて、湿った空気が店のなかに滞っていた。

　連中の話を総合すると、死因は感電死だったらしい。減さんは白い、看護婦の穿くようなタイツをはき上半身は裸でカメラを手に感電死していたという。みな一様に減さんがなにをしていたのかまったく分からないし、自殺なのかそうでないのかも分からないと首を捻っていたが、俺は胸をなで下ろしていた。少なくとも減さんは俺が厳しいことを言ったのを気に病んで自殺したのではないことがはっきり分かったからだ。

　それどころか減さんはとにかくタイツをはきカメラを手に、それで感電するわけはないから、なにか突飛な、感電の危険性はあるものの、そのリスクに見合うだけの工夫をしていたのだ。減さんは工夫をしているとき実に楽しげだった。その希望が叶わなかった分だけ鬱屈・内向したが、しかし工夫をしている最中だけは希望に溢れていたのだ。

つまり減さんはその報われぬ生涯の最後の瞬間、希望に溢れていたということになる。こんなことは残された者の自己満足だろうか。

このことを誰かに話したい。そう思っていると連中の中に見覚えのあるぽかんとした顔をした女がいた。俺はグラスを持って女に近づいていき、

「それにつけても減さんは工夫の好きなやつだったよねぇ」と話しかけた。

女は俺の顔を見て、「そうだったっけ」と言って首を傾げた。俺は、

「けっこうそうだったよ」と小さい声で言って麦酒を飲んで噎《む》せた。

会は曖昧なままだらだら続いた。店の空気が淀んでちょっと気持ちが悪くなったので俺は外の空気を吸おうと、扉を開け急な階段を降りて外に出た。でも外の空気も湿って淀んでいた。

俺は商店の建ち並ぶ通りを通り過ぎていく人の姿をぼんやり眺めながら煙草に火を点け、吸い終わってまた店に戻っていった。

煙の殺意

泡坂妻夫

泡坂妻夫（あわさか・つまお）

一九三三年、東京府生まれ。二〇〇九年没。七六年、「DL2号機事件」が幻影城新人賞佳作に選出され、デビュー。七八年『乱れからくり』で日本推理作家協会賞、八二年『喜劇悲奇劇』で角川小説賞、八八年『折鶴』で泉鏡花文学賞、九〇年『蔭桔梗』で直木賞を受賞。奇術師として六九年、石田天海賞を受賞。『11枚のとらんぷ』『亜愛一郎の狼狽』他著作多数。

殺人事件の現場に到着した望月警部が、被害者の部屋で、まず初めに行なったのは、テレビのスイッチを入れることだった。署にいたときから見ていた画面が気になってならないのだ。

もう現場で仕事にかかっている鑑識の斧技官が、またか、という顔をする。誰がどう思おうと構わない。署から現場までの十分間ですら、テレビから離れることが残念だったのだ。選りに選ってこんなとき、殺人事件の発生とは、いまいましい限りだ。

画面は人妻らしい女性が着物の裾を乱し、男の胸の中であえいでいた。画面の下に、忙しくテロップが流れている。望月警部は普通の主婦のように、両方を同時に観賞するといった、器用な真似はできない。女優の豊満なふとももが、画面から消えるのを待って、チャンネルを廻した。

すぐ、署のテレビで見ていたと同じ画面が映し出された。

あれから、カメラは釘付けにされたように、同じ絵を捉えているようだった。真っ赤な化粧レンガに、白い縁どりをした窓。近代的な八階建てのビルが延々と映されている。飽き飽きするほど同じ画面だが、今、建物には凄絶な災害が続いているのだ。赤いビルの、ほとんどの窓から、おびただしい黒煙が吹き出していた。

望月警部はテレビの音量をあげた。

消防自動車、パトカー、救急車のサイレン。ヘリコプターの騒音をバックにして、アナウンサーの金切り声が拡大された。

ちょうど、五階の割られた窓から、半身を乗り出していた人影が、黒煙に押し出されるように、地上に墜落してゆく姿がクローズアップされた。人影のなくなった窓から、ひとしきり、ちろちろと赤い焔が動き廻った。

被害者の部屋にいた何人かの捜査官たちも、何分間かはその画面の前から動こうとしなかった。

高級デパート華雅舎《かがや》に、史上最悪の火災が発生してから、まる一時間たつ。だが、火勢は衰えるどころか、ますます勢いを加えているようだった。

望月警部はしばらく息を詰めて画面に見入っていたが、やがて被害者浪西解子《とくこ》の部屋を、ゆっくりと眺め渡した。

華雅舎は開店して以来、安定した業績をあげている大手のデパートだった。

冒険好きな若い経営者の考案した華雅舎の売り物は「値段が高く商品の質が悪い」ことだった。高い値を出して、悪い商品を買うことができるのは、金持ちの特権である。金持ちはその特権を大いにふるうために華雅舎に出入りし、貧乏人は少しでも金持ちらしく見せるために、華雅舎の包装紙を欲しがった。大シャンデリアの輝く店内で、金持ちが無愛想な華雅舎の店員にお世辞を使い、貧乏人が不遜な華雅舎の店員におどおどすることは、そのまま華雅舎の売り上げを安定させることであった。

買物客は華雅舎で商品と一緒に不快を買わされて店を出るのだが、必ずしも全員が満ち足りた気分でいるわけではないようだった。それは火災を報じているアナウンサーの語調からも判る。アナウンサーはここぞとばかり、華雅舎の出火を攻撃しているのだ。

華雅舎に火災が発生したという通報が署に入ったのは午後二時三十分。直後、テレビの画面にテロップが流され、いくつかの局は現場にカメラを据えて、中継を続けた。消火活動には消防署の全総力が加えられた。集められる限りの梯子車、化学消防車が華雅舎を取り巻いたが、そのときには猛火は全階に広がっていた。当時、店内にいた、店員を含む三千人以上の買物客のうち、半数がいまだに脱出できないのだ。

危く難を逃れた買物客の一人は、まだ恐怖のさめやらぬ顔をひきつらせて、テレビのカメラの前に立った。初老の男で、腕が血にまみれていた。

「……幸い、入口の近くにいたんですよ。ええ、あと五分も出火が遅かったら、どうなっていたか判りゃしません。自慢じゃあないが、足が遅いんです。一階の階段を昇りかけたときでした。そうしたら、人の波……いや、波なんてもんじゃありませんでしたね。人間の、とてつもない固まりにはじき飛ばされて……ご覧なさい。これ。肱《ひじ》をいやというほど床に叩き付けられてね。私の背中を踏み付けて逃げて行った奴がいる。骨折しなかったのが不思議なほどですよ。レントゲン？　無論撮ってもらいますがね。ひびが入っているぐらいは覚悟の上です。何が何やら判りませんでしたね。鞄を拾って起き上るのがやっとという状態でしたから。ええ、この中には命より大切な物が入っているんです。あとは悲鳴と子供を呼ぶ声の中を、夢中で逃げました。今考えてもぞっとしますね。店内放送？　そんなもの、あったって聞えやしませんよ」

出火場所の近くにいた主婦がテレビに映された。服のポケットが引き裂かれ、目をしょぼつかせている。眼鏡をはじき飛ばされたのだと言う。

「――ええ、四階にいました。子供のネグリジェを買おうと思って。家の長女、この頃メーカーに注文をつけるんです。まだ小学校の四年生。あの子を残して死ねやしません。ええ、今聞きました。廊下と階段に、屍体が折り重なっているんですってね。

ほら、まだ脚が震えているわ。ネグリジェを選んでいたら、すごい悲鳴が聞えたの。

気が付くと店内に薄く煙が立ち籠めていたわ。そうしたら、向うに火が見えたんです。寝具の売り場じゃなかったかしら。ビル火災の怖ろしさは、いつも主人から聞かされていたわ。お前は方向音痴だから心配だって。思わず足が竦《すく》んでしまったわ。本当にどこに階段があるか、判らなくなったの。ですから、人の後に続いて逃げれば間違いないと思って……。そうしたら、目の前に防火シャッターがするする降りて来るじゃございません？　あれ、どうなっているの？　私たちを煙の中に閉じ込めてしまう仕掛け？　冗談じゃないわよ。皆さん、シャッターが降り始めたら、気狂いみたいになってさ。階段？　転がり落ちたってところね。人を踏んだかって？　そんなこと、判りゃしませんよ。もう、絶対デパートへなんか行かないわ。放火だって噂を聞いたけれど、本当？　ひどいことをしたものね。手に持っている物？　ああ、これ、子供のネグリジェ。だって、指が動かなくなったんですもの。こんな物、欲しかったら、いつでも取り戻しにおいで。返してやるわよ。なくした眼鏡と引き替えに、ね」

次は青年だ。このサラリーマンは屋上に逃れ、ヘリコプターで救助されている。

「ちょうど八階の食堂にいました。ええ、社用でお得意さんに贈るお中元を選び終った後でした。いつもでしたら、食堂なんかに入らなかったでしょう。華雅舎の食堂なんで、高いばっかりで量は少ないし旨くないのを知っていますから。魔が差したとでも言うんでしょうかね、きっと。ふらりと食堂に入ってしまったわけです。それにしても、待たされましてねえ。どうして華雅舎の食堂はああ待たせるんでしょう。僕の横に坐っていた男なんかは、ビールを飲んでしまってもなかなか誂《あつら》えが来なくってね。いらいらして女店員を叱りとばしていた。でも、今の女の子って、物に動じませんね。ふんといった顔で、今日のお客さんて、腹の減っている人が多いって。ええ、同僚と、聞えよがしに言って。食事？　待たされた挙句、半分しか食べられませんでした。先に食券を買ったのに。……何しろ、あの騒ぎでしたからね。店内放送？（皮肉そうに笑って）ええ、落着き払ったものでしたね。ただ今、四階寝具売り場で、ちょっとした火災が発生しました。大した事故ではありませんが、煙が流れるかも知れません。落着いて、最寄りの階段より避難して下さいますように、ですって。その気でいましたよ。その気でいたら、今頃、僕はまだ煙の中にいたでしょうね。でも、幸いに、近くの階段を、物凄い勢いで駆け上って行く人たちが見えたんです。これはゆっくりしていると、大変なことになると思ったんです。食事を放ったらかして、屋上へ駆け上りましたよ。ええ、煙との競争でした。屋上だって煙がいっぱいです。風で煙の方向が変るんです。そのたびに逃げ廻って。何人も倒れていました。ヘリコプター？　最初のうち、我先にと縄梯子に取りすがるんですがね。ほら、途中で大勢の人が梯子から振り落されたでしょう。目の前で地上に落ちてゆく人を見たものだから、皆尻込みをするようになりました。屋上には、まだ大分取り残されていますよ。高いところ？　ええ、案外平気なんです。ロッククライミングの経験がありますから。その代り、手の皮が、これ、こんなになってしまいましたよ」

部屋は一DKである。

女の一人住いにふさわしく、明るい感じで、整理が行き届いていた。住いの割にはやや贅沢な鏡台、小さな机には花が活けられている。洋服箪笥の隣のサイドボードには、洋酒の瓶が見える。

望月警部はレースの白いカーテンを引いた。窓が開けられていて、風通しは悪くない。その窓から華雅舎から吹き出される黒煙が見える。青い夏の空に真っ白な入道雲が立ち起り、その空を汚すように黒い煙がにじんで、ただならぬ不協和音を聞く感じがする。

望月は部屋が荒されていないのを確かめてから、ダイニングキッチンに立った。キッチンも居間と同じように清潔だった。ガス台、流し、小さな冷蔵庫。どれも新しい品ではないが、わずかな汚れも見えなかった。棚の上に包装された四角い箱がきちんと載せられている。ごく最近に受け取った中元の品らしい。

問題の洗濯機は浴室の傍にあった。

王母等《おうもひとし》の言うとおりだった。洗濯機の蓋は開けられていて、大量の水が溢れ出し、床を浸していた。スイッチが切られている洗濯機の水の中には、ふわっとした感じで、何枚かの色のついた衣服が沈んでいるのが見える。

洗濯機が水を溢れさせた原因は、排水口にあるらしかった。排水口の網目に、白いふわふわしたものが吸い着いている。水にほぐされたちり紙のようで、よく見ると、洗濯槽の水の中にも、同じような繊維がただよっているのだ。

「望月さん、こんなのは滅多にお目に掛れませんよ」

と斧技官が、浴室の中から声を掛けた。気のせいか、斧の声が上ずっている。

浴室に入ったのでは、テレビが見えなくなるが仕方がない。望月はキッチンからテレビをちらりと見て、名残惜しそうに浴室の敷居をまたいだ。

望月はすぐ、むっとする血の臭いに包まれた。

浴槽の中は真っ赤である。赤い浴槽の中に、縁に乗り上げるような形で、白い女の裸身があった。

　撮影が済むと、斧技官は検屍官と屍体を浴槽から引き揚げる作業にかかった。服が汚れることなど、意に介さない。大切な品を扱うように、そっと抱きかかえ、その接触を賞美している風でもある。

「見事ですね。他には傷一つない。綺麗でしょう」

　屍体をタイルの上に横たえ、濡れた髪を撫でつけながら、斧が言った。

　屍体は新しかった。浴槽の中にあったので、生きていると同じ体温も残っている。ただ、肌の色がこの世でない白さだった。

　鼻が細くつんと高い。口は小さくて薄めだ。表情は恐怖というより、驚きの表情を残していたが、この顔立ちでは、気位高く澄ましている方が似合いそうだった。

　被害者の身体は、顔から想像するより豊満である。乳房がよく整い、腰のくびれが、生前のしなやかな肢体を想像させる。

　ただ一つ、左乳房の上に刺切傷があった。傷口は鋭い直線で、生々しい赤い創洞が開いている。斧の言うとおり、確かに、見事な一突きであった。だが、望月は被害者の右中指が気になっていた。

「右手の中指に付いているのは、血じゃないかね？」

　撫で廻すばかりに屍体を調べていた斧が我に返って、

「いや、望月さん。この中指に付いている赤いものは血じゃありませんよ」

言いがかりを憤慨するような口調で答えた。

「すると?」

「朱肉でしょう」

「朱肉……判子で使う朱肉か?」

「そうです。外傷は一つだけです。鮮やかなものです」

斧は独りで満足していた。

変な男だと思う。現に、斧は華雅舎の火災にも、大した関心を示さない。ついこの間発生したハイジャック事件でも同じだった。斧はテレビを尻目に本を読んでいた。仕事には取り分け熱心だった。というより、屍体そのものが好きでならないのだとさえ思われる。殺しと聞くと、それでも遠慮勝ちに、そわそわとして署を出てゆく。

初めて望月の下で働いたときがそうだった。大体、最初の他殺屍体と対面する警察官は、蒼白になるか、貧血のためにぶっ倒れるかが普通だ。ところが、斧に限って、彼は顔を上気させ、目を輝かせたものだ。そのときの屍体は望月もまだ覚えている。変質者の凶行による美女のこま切れ事件で、さすがの望月ですら、顔色を変えた現場だった。

口にこそ出さないが、斧好みの屍体は望月も知っている。鋭利な刃物による屍体で、さっきから見事だ、鮮やかだを繰り返しているところをみると、かなり満悦していることが判る。華雅舎の出火など、もう眼中にないのだろう。

被害者は、浪西解子。三十二歳の独身で、ナイトクラブのホステスだった。この千鳥荘に住んで、三年になる。男との関係はなく、地道な性格とみえて、ちょっとした預金を残しているが、犯人は金品には一切手を付けていない。

加害者は、王母等。二十三歳の独身。薬品会社の倉庫に勤務するガードマンである。

事件はやや異常だったが、事件の経過は単純のようであった。犯行直後、警察署に出頭した王母等の自白によると、次のような顚末である。

この日、王母は休暇を取り、朝から家の中で、ごろごろしていた。

千鳥荘は都心に近い住宅街にある木造モルタルの二階建ての民営アパートで、一階は家主の住いと、王母の借りている一DK。二階の五部屋はいずれも一DKの貸間で、ほとんどが独身の間借人だった。

午後一時すぎ、王母の部屋の天井から、水が流れてきた。ちょうど押し入れの真上の天井で、水はすぐ畳の上まで落ちはじめた。押し入れを開けると、すでに夜具が水びたしになっていた。

王母はすぐ、二階にいる浪西解子が、洗濯機の水を溢れさせたのだと直感した。ついこの間も、解子が同じ過ちをしたばかりだった。天井から水が洩ってきたとき、王母は最初それが洗濯機の水だとは判らなかった。家主を呼び寄せ、二階の部屋を調べて、洗濯機の水だということが判ったのである。解子の部屋は王母の真上にある。二つの部屋の間取りは同じだったが、洗濯機から溢れた水は王母のキッチンには落ちてこなかった。キッチンに落ちたのなら、まだ被害は少なかっただろう。水は天井を廻って押し入れの中に落ちて、寝具や衣類を台なしにしてしまった。

王母は洗濯機の水を溢れさせながら、解子が下の部屋に注意しなかったのは、誠意がないと思った。解子は初めそんな多くの水は流さなかったと言い張ったが、王母の部屋を見ると、今度は建築の不備を言い立てた。

結局、王母の損害は全て解子が持ち、それで収まったのだが、王母は解子の態度に不快を感じた。自分の不注意を反省するそぶりは毛ほどもなく、自分の立場が不利になると、金で解決しようとする傲慢さが気に入らなかった。

洗濯機の水が溢れた原因は、一本のピンだった。洗濯する衣類の中にまぎれ込んだヘアピンが洗濯槽に落ち、排水のモーターを止めたため、濯ぎの水が排水されず、洗濯槽から溢れてしまったのだ。

王母はそのときと同じ場所の天井から水が落ちてくるのを見て、また解子が洗濯機から水を溢れさせたと思った。あのいまわしさを思い出し、すぐ二階に行った。チャイムを押したが、返事はなかった。ドアを引くと鍵が掛っていないので、王母はそのまま解子の部屋に入った。案の定、洗濯機が動いていて、洗濯槽からは水が溢れ、床を浸していた。

「一度ならず、二度でしょう。それを見たとき、かっとしてしまったのです」

と、王母は告白した。

王母は洗濯機のスイッチを切った。

そのとき、浴室のドアが細目に開いて、解子の顔が覗いた。

「誰？」

と、解子は言った。そして、王母の顔を見ると、血相が変った。

「黙って何さ！　人の家に上り込んで、何をしているの！」

解子は金切り声を上げた。

王母は洗濯機の水が溢れていると注意した。だが、解子はあれ以来、神経質になるくらい注意しているので、そんなはずはないと取り合わない。かえって、王母を痴漢呼ばわりして、警察を呼ぶといきまいた。

「前後の見境がなくなってしまいました」

と、王母は言った。

手の届くところに、出刃包丁があった。威すつもりだったと言う。威して、自分が部屋に入った理由を聞かせようとした。解子は王母が包丁を手にしたのを見ると、激しく憤った。

「人殺し！」

と、解子が叫んだ。

それを聞いたとき、殺意が起った。

一突きだった。解子は浴槽の中に落ちた。包丁を引き抜くと、たちまち浴槽が真っ赤になった。

王母は自分の部屋に戻り、しばらく呆然としていた。衝動が治まると、大変なことをしてしまったという自責に、全身が震えるようだった。どの位時間が過ぎたか判らない。最後に覚悟が決り、王母は凶器を手拭にくるんで、署に出頭した。

王母が自首したとき、望月警部はテレビにかじり付いていた。三時二十分だった。

望月はお客様の応対を同室の刑事に委せることにしたが、殺人事件とあっては、放って置くわけにはゆかなかった。

王母は興奮状態にあるようだったが、事件の経過をかなり明確に話した。色の黒い顔で、窪んだ小さな目が、陰気な感じを与える。柄の大きな男で、掌がグローブのように大きい。話す息に、少し酒の臭いがした。

千鳥荘まで車で十分。途中に千鳥荘というアパートがあり、ちょっと迷ったが、現場はすぐに判った。

望月は浪西解子の屍体のある浴室を、もう一度見渡した。犯行現場は、王母の自白どおりだった。蒸し暑い昼下り、同じような小さなアパートの建て込む狭い一室、不快指数が爆発したような、衝動的な殺人。事件は単純だった。新聞もこんな事件には興味を示さないだろう。華雅舎の大火が全紙を占領するに違いない。

現場の撮影が続いている。望月は浴室を離れ、気になるテレビの画面に目を向けた。

華雅舎の防災担当者である。

四十前後の人の良さそうな男だが、顔面は蒼白で、答えもしどろもどろだった。ときどき目が怖ろしそうに一点を見る。その方向に炎上する華雅舎があるに違いなかった。

「……はい……防火体制は、か、完全すぎるほどだったと思います……」

「完全すぎる、ということはないでしょう。完全すぎるというのは、どういう意味ですか?」

ぐっとマイクが突き付けられる。防災担当者は首を後に引いた。

「そ、それは……」

「しかも、発火現場のスプリンクラーが作動しなかったということじゃありませんか」

「じ、実は、非火災報に手を焼いておりまして――」

「ヒカサイホウ? それは何です?」

防災担当者の説明をまとめると、こうである。

華雅舎デパートのビルは、開店以来、スプリンクラーを始め、熱感知器、煙感知式火災報知器、自動防煙シャッターなどが完備していた。ところが、火事でもないのに、頻々《ひんぴん》として非常ベルが鳴るのである。火事と関係ない火災報を、非火災報という。女子店員などは、これを華雅舎の七不思議の一つに加えて気味悪がったが、よく調べてみると、原因は合理的なものであった。

これは、煙草の煙、食堂の湯気などに、敏感な感知器が反応してしまうのである。防火シャッターが動き、一部の買物客が混乱したこともあった。防災担当者はその度に右往左往しなければならない。

　ごく最近、スプリンクラーが作動し、ビルの一部が水びたしになり、多くの商品に損害が出てしまった。スプリンクラーは、屋上にある水槽タンクの栓を閉めない限り、放水を続けるのだ。この原因は、向い側のビルのガラス窓に当った強い日光が反射し、華雅舎のスプリンクラーを作動させたのだった。そのため、華雅舎ではスプリンクラーの位置を移し替えるための工事の最中だった。

「つまり、発火地点のスプリンクラーは、もともと動かなかったのですね」

　アナウンサーは、呆れたように言った。

「それが、発火地点の器具であったかどうか……まだ、判りません」

「防災機器は、敏感であってしかるべきでしょう。完全すぎるということはないと思います。完全すぎるくらいの設備で、お客さんは安心して買物が出来るわけではありませんか――」

　画面が大きく揺れ、娘とはぐれた半狂乱の母親が映し出された。

「畜生！　殺してやる……」

　彼女は突き出されたマイクに、鬼のような形相になった。

「望月さんも、相変らず好きですね」

気が付くと、斧技官が望月の肩越しにテレビを見ている。

望月には、先頃発生した、アテネ空港のハイジャック事件の中継を、延々八時間も見続けていた前歴があった。

だが、人のことは言えないではないか。斧だって、必要以上の時間をかけて、屍体を観賞していたのではないか。

「何かあったのかね？」

と、望月は訊いた。仕事は仕事だ。

「ちょっと、おかしな点がありましてね」

斧は水を得た魚のようだった。

「王母の話ですと、被害者の浴室に飛び込んで刺した、と言っていましたね」

「そうだ」

「すると、解子は裸だったわけでしょう」

「そうだ。現場と一致しているじゃないか」

「傷口の中に、繊維がありましたよ」

「繊維——？　タオルで胸を覆っていたのじゃないか」

「タオルなら浴室に落ちています。タオルは無傷です。色も違うようです」

「すると?」

「まだ、はっきりとは言えませんが、傷口の中にあるのは、下着のような気がしますね」

「だとすると、解子は衣服を着ていたことになるのか」

「そうです。もう一つ、解子が衣服を着ていたという、はっきりした証拠もあります」

「証拠があるのか」

「望月さんも見ていたでしょう。解子の指に付いていた朱肉がそれです」

「解子は死ぬ直前、判子を使ったと考えられる」

「そうですね。キッチンに中元の品らしい包みが届いています。多分、その受け取りのとき判子を使って、指に朱肉を付けてしまったのでしょう。解子はそれから入浴にかかったと思うんですが、指に朱肉を付けたまま、服を脱ぐと思いますか?」

「思わないね。服に触れれば、服が汚れる。女は服を大切にするからな。だが、解子が裸になったとき、中元の配達があったというのはどうだね? テレビのコマーシャルによくあるじゃないか。チェーンロックされたドアの間から裸の腕がすいと出て、包装を引き込む……」

「そうしたら、玄関の傍にある洗濯機の水が溢れているのに気付かないはずはありませんよ。第一、王母はドアには鍵が掛っていなかったと言いますよ。一人住いの女が入浴するとき、ドアに鍵を掛けないというのは、変じゃありませんか」

「王母は嘘を吐いているのか」

「そう思います。王母という男、案外食わせ者のような気がするんですがね。王母が提出した凶器の出刃包丁も変です」

「解子の傷口と合わないのか？」

「傷口は合いますが、あの包丁は凄く研ぎ澄まされていたでしょう。ところが、このキッチンにある砥石は文化砥石という奴。とてもあんな玄人っぽい研ぎ方は出来ないと思います」

「すると？」

「王母自身が持っていた包丁だと思います。王母はあらかじめ自分の包丁を研ぎ、それを持って、二階の解子の部屋を訪れたのです」

「それじゃ、初めから殺意を持っていたのか。かっとしてやった、突発的な凶行じゃないんだな」

「そうです。無論、ドアには鍵が掛っていたでしょう」

「とすると、解子も裸でいたわけじゃない」

「そうです。ちゃんと服を着ていたでしょう。傷口の中にあった繊維から、どんな服だったかも判ると思いますよ」

「王母は解子を刺しておいて、裸にしたのか？」

「そうでしょうね」

「解子は乱暴されていたか」

「いないと思います。裸にしたのは屍体を浴槽に入れるためだったのです。王母は浴槽に水を張り、湯をわかして屍体を入れて、凶器を引き抜く。裂けた衣服は処分し、代りに適当な服を探して浴室の前の籠に入れておく——」

「何で、そんな手数を掛けたのだろう」

「判りません。……王母はその前後、適当な衣服を洗濯機の中に入れ、わざと水を溢れさせました」

「どうして、そんなことが判る？」

「洗濯機の水が溢れた原因は、排水口にちり紙が詰ったためですが、私にはそれが、わざと詰められたように見えます」

「ぎゅうぎゅう詰められているわけか」

「あとで望月さんもごらんなさい」

斧は皮肉っぽく言った。望月はわざとテレビから視線を外して、

「王母はなぜ、わざわざ洗濯機の水を溢れさせるようなことをしたのだろう」

「……それなら、想像することが出来ますね。王母は解子を刺す口実が必要だった」

「それは、どういう意味だ？」

「王母は、解子を殺すための、もっともらしい動機が欲しかったからだ、と思えませんか？　もともと、王母には解子を殺す動機がなかった……」

「動機がなかった？」

　望月は思わず斧の顔を見詰めた。斧の顔はまともだった。妙な謎々を持ち出し、望月をからかっているような様子は見えない。

「……王母は解子を殺す動機などなかった。にもかかわらず、王母は解子を殺して自首して来た。自首した以上、真実を喋りそうなものだが、君の言うとおりだとすると、王母は解子を殺した後、屍体に変な細工をしていながら、そのことは秘密にしている。……ということは怪しいな。うん、だんだん判ってきたぞ。王母は、誰かを庇《かば》っているな」

「あっ、望月さん、判りました」

斧の目がぎらと光った。

「何が判った？」

「犯人が解子を湯に入れたわけが、です。王母が誰かを庇っているとすれば、説明が付きます」

「――それは？」

「屍体を湯に入れたのは、王母が本当の犯行時間を偽るためでした。湯に入れた屍体は、普通の屍体より、冷却や死後硬直、死斑の出方などが複雑に違ってくるでしょう。つまり正確な死亡推定時刻が計りにくく、確実な死亡時刻は、犯人の証言によるしかありません」

「王母は一時ごろ、解子を殺したと言っていた」

「ほぼ、三時間前ですね」

「それ以前ということが考えられるのかね」

「いや、屍体を見ると、それ以後だった可能性の方が強いと思います」

「実際に解子が死んだのは、一時以後とすると？」

「一時以後には、王母にアリバイがあったのでしょう。誰か知り合いと会っていたのかも知れません。とに角、王母はその時刻には解子を殺せなかった。そのため解子を浴槽に入れて死亡時刻を偽ろうとしたのなら、王母の行動は理解することが出来ます」

「解子を浴槽に入れたのは、王母が庇おうとした男か」

「王母に指示されたのかも知れません」

「すると、解子を殺した、本当の犯人は……」

「もっと王母を問い詰めるべきでしょうね。私はもう一度、仏さんを拝ましてもらいます」

斧は浴室に引き返した。望月の目は、自然にテレビに吸い寄せられる。

火災評論家の話。

「この火災を考えますと、いろいろな不幸な、最悪の条件が重なったようですね。はい、おっしゃるとおり、火災感知器は、敏感に過ぎるということはないわけですが、性能のよい機器になりますと、ちょっとした煙草の煙、風による埃、調理室の湯気を感じて、火災報を出してしまうことがあります。特殊な例では、殺虫剤、写真撮影のフラッシュが原因で火災報が出されたこともありました。これを非火災報と申しまして、華雅舎デパートのビルも、非火災報の鳴らない日はなかったといいます。こうなると、火災報に対する馴れが生じますから、敏感すぎる報知器もよしあしだという論も出てしまうのです。

とり分けて今度の火災では、少し前に、これも華雅舎デパートで、火災でもないのにスプリンクラーが作動してしまった。華雅舎の前に建っているビルのガラスに日光が反射したのが原因でした。これも珍しい事件でありましたが、前例がないことではありません。そのため、スプリンクラーの位置を変える作業中で、一時機器が止められていた。不幸な原因が重なりあっていたのですね。

次の問題は、火災発生時にいあわせた買物客が冷静さを欠いてしまったことでしょう。私は、パニック状態に陥った、と見るわけです。外国のある大きな劇場の火災のとき起ったパニックは、最前列の座席にいた一人の婦人の悲鳴が引き金になったと申します。今の華雅舎デパートの場合も、それに似た状態があったと思われます。これは今後の調査で明らかになりましょう。結果の発表が楽しみ……いや、待たれますね。

それから私、非常に気になりましたのが、防火シャッターの動きなんです。どなたかも話しておいででしたが、逃げようとする目の前にシャッターが降りてくる。これは非常な恐怖だったということです。自分が煙の中に閉じ込められてしまうのではないか。冷静であれば、そんなことは考えないのでしょうが、ああいう非常の場合、人間は思考範囲や、実際の視覚が、極度に狭められてしまいます。恐怖に追い討ちがかけられ、人は先を争って階段に殺到いたします。その上、デパートですから、御婦人と子供連れが多かったのも、被害に輪を掛けることになりました。特に女という……御婦人は、かよわくて……

煙ですね。恐かったのは。これだけは皆さん、心掛けておいて下さい。煙は人間の逃げる方向と同じ方向に走るんです。反対の方向には、火が待っていますし、ね。はい、華雅舎に入った消防官の話ですと、廊下や階段に倒れている人の全ては、煙による中毒死らしい、ということでした。煙でなくとも、あの火災ですから、酸欠空気が大量に発生している可能性もあると思います。

火災原因は、寝具売り場主任さんのお話ですと、蒲団を退けたら火が吹き出したということですが、蒲団の中で、煙草のようなものが、長時間じわじわ燃えていったと考えられます。はい、こういう火は恐ろしいものです。空気を送り込まれますと、今までじわじわ燃えていた火が、一瞬にして燃え広がってしまうのです。こういう例はときたま見られますね。去年の五月、青森市の大火の原因も、誤って火のついたままの煙草を蒲団の中に巻き込んで、押し入れに突っ込んだものが、何時間後かに燃え出した、というものでした」

「望月さん、この千鳥荘は二階建てで、二階には五つの部屋があります」

汗を拭き拭き聞き込み捜査から戻って来た阿部刑事が言った。

「ああ」

聞き込み捜査の報告を、望月は気のないような態度で聞いた。目はあくまで、テレビの画面に吸い着いている。報告する方だって、張り合いがない。阿部刑事の言葉も事務的になった。

「二階の住人は皆留守でした」

「そうだろう。誰にも、仕事がある」

「従って、物音を聞いたり、王母の姿を見たりした人間はいません」

「そりゃ、そうだ」

「住居人は、こっち側から、佐藤正男、会社員、二十三歳。独身です。その隣が山林
……まあ、こんなことは、どうでもいいでしょう」

「うん、どうでもいいな」

「一階は家主の住いで、一部屋だけが貸室で、王母が借りています」

「知っている。この部屋の真下が王母の部屋だ」

「家主はずっと家にいました。ですが、物音は聞いていません」

「ああ」

「家主の話ですと、王母という男は、そんなことで人を殺したりするような人間ではないと、あたり前のことを言っています。かっとするような質《たち》ではなく、どちらかと言うと、陰気に見えることもあります。賭け事はしません。酒、煙草は嗜《たしな》む程度、女出入りはなし、身体は健康、趣味は読書、といったところです。じゃ――」

「はい御苦労さん。……あ、ちょっと」

「まだ、なにか」

「給料の方はどうだ？」

「不足と言えば不足ですが」

「いや、君の給料じゃない。王母のだ」

「王母の給料は、そう多くはありません。家主にこぼしていたといいます。二、三日前が給料日で、家主が家賃を受けとったとき、ボーナスもとうとう見送りになったと言ったそうです」

「前にも一度、解子が洗濯機の水を溢れさせたことがあったという話は本当だったのかね？」

「ああ、あれですか。あの事件は王母の自供と一致しています。事実、王母の部屋の押し入れが水びたしになったのを、家主が目撃しています。家主が中に入って、話がまとまりました」

「解子の方の評判は？」

「ごく普通のホステスのようです。ちょっとお高く止ったようなところはあるが、顔見知りに会えば挨拶などします。毎日、十時頃起き、三時か四時頃になると入浴し、化粧をして五時頃勤めに出掛けます。賭け事はしません。酒は嗜む程度、男出入りはなし。身体は健康、趣味は読書、といったところです。じゃ――」

「……あ、ちょっと」

「解子の給料は、私たちより多いのは確かでしょう」

「いや、給料じゃなく、これから王母の部屋を捜査しなければならないから、家主に一こと言って貰いたい」

「その了解なら、もう取ってあります。王母の部屋にも、テレビはあるそうです」

御親切に、と言おうとして、望月は口をつぐんだ。阿部の言葉が、皮肉だということが判ったからだった。

望月は続けて皮肉を言われた。今度は斧技官からだ。浴室にぶらりと入った望月を見て、斧が言った。

「おや、もうお終いですか？」

「お終いとは、何がだ」

「テレビの火事ですよ」

「お終いなもんか。まだやっている」

斧はちょっと聞き耳を立てた。

「なるほど。もう三度目ですからね」

斧の言うとおり、テレビには火災評論家が現われていた。三度目だった。テレビ局は新しい視聴者のために、以前のビデオテープを、しきりに流していた。実際は事件を言いつくし、語りつくしてしまって、新しい話題がなくなったアナウンサーを救助するための、苦肉の策だということは判るのだが、同じ火災評論家の、そっくり同じ話を三度聞くことは、さすがの望月も飽きを覚えたのだ。

「君の方も、お終いじゃないのか？」

望月はまだ屍体を撫で廻している斧に言った。

「もうお終いです。いや、王母の話を鵜呑みにしていたら、危いところでした。うまく乗せられていたかも知れません」

「と言うと、犯行時刻は、王母の自供したとおりじゃないのか」

「そうです。思ったより、ずっと新しい気がしますね。徹底的にみる必要があります」

「すると、矢張り王母は誰かを庇っていたのか」

「そうです」

「誰だろう？　王母にとって極めて大切な人物だな」

「そうです。自分が罪を引きかぶるのですから。多分……」

斧は望月に顔を寄せた。

「多分ということは、見当が付いているのか？」

「そうです」

「それは？」

斧はささやくように答えた。

「王母自身ですよ」

「王母自身？」

望月はまた斧の皮肉ではないかと思った。だが、この皮肉の理由がない。望月が考えあぐねていると、

「望月さん、王母は自分自身を助けるために、解子を殺して自首して来たのです」

「ということは？」

「望月さんも、そう考えていたから、テレビを見続けていたのでしょう」

これは、皮肉だった。


ヘリコプターは、煙を逃れて、華雅舎の屋上に避難した人たちを救助するために、縄梯子を降ろし始める。その縄梯子に、わっと人が押し寄せた。ヘリコプターを引きずり降ろすほどの勢いだ。ヘリコプターが浮上すると、何人もの人がばらばら梯子から振り落された。屋上に落ちた人はいい。だが、何人かはヘリコプターが目的の場所に向う途中、身体を支え切れずに梯子から手を離して地上に落ちていった。

繰り返し放映されているシーンだった。

望月警部と斧技官は、解子の部屋のテレビの前にどっかりと腰を下ろして、華雅舎の火事に見入っていた。

「テレビの音を聞きながら、解子の屍体を見ているうちに、私には王母の気持がよく判ってきました」

と、斧が言った。望月はふんふんと言って聞いている。こうしてテレビを見ながら、事件の真相が判れば、こんな結構なことはないのだった。

「さっきも話したように、王母はなぜか解子を殺害し、その後で洗濯機の水をわざと溢れさせて、解子を殺すもっともらしい動機を作りあげました。それから浴槽に湯を入れ、解子を裸にして浴槽の中に入れたのです。その理由は、自分は午後一時ごろ、解子を殺したと自白したかったからです。それは、本当の犯行時間には、王母にアリバイがあり、王母の犯行が成立しなくなるからだろうと考えましたが、これは考えすぎでした。本当はもっと単純で、王母は一時ごろのアリバイが欲しかったのです。王母は一時にアリバイが欲しくて、解子を殺害したのです」

望月は思わずテレビから目を外して、斧の顔を見詰めた。

「アリバイが欲しかったからだって？　アリバイというのは、犯人が罪を逃れようとして、細工するのが普通なんじゃないか」

「そうですよ。王母は恐ろしい犯罪を逃れるために解子を殺したのです」

「殺人より恐ろしい犯罪とは何だ？」

斧はぐいとテレビに指を差した。

四階寝具売り場主任とテレビレポーター。

「……はい、これはもう、はっきりとしています。私がそこにいあわせましたから。出火したのは寝具売り場でした。四階の、中央よりやや西寄りの場所です。その奥は、家具売り場が続いております。出火時間も忘れません。午後二時二十五分です。私、あるお客様の御注文を承っておりました。はい、御婚礼のため、新しい寝具一式をお誂えになりまして、お母様と御一緒で、お母様がとても慎重な方でいらっしゃいまして、はい。お客様がお帰りになって、時計を見ましたら、二時二十五分でございました。まだ昼食をとっていませんでしたもので。いえ、こういうことはちょいちょいございます。伝票を廻してから、社員食堂へ行こうとしました。きな臭い感じ？　気が付きませんでした。はい、私、クーラーにやられまして、このところ夏風邪気味で。レジの場所から売り場に出ますと、ふと、不揃いになっている寝具に気が付きまして、寝直そうと思って寝具を何枚か持ち上げたところ、突然ぼおっという凄い音がして、寝具の中から火が吹き出しましたのです」

「寝具の中から、火が……」

「さようでございます。こりゃ、いかんと思いまして、寝具をはね退けました。そうしますと、凄い煙が立ち昇りまして、目の前が真っ暗になってしまいました。私が消火器を取って戻りますと、もう火はカーテンに移っておりました。あっという間に、煙に巻かれたお客様が、ばたばたと倒れました」

「恐ろしい話ですね。寝具の合成繊維が燃えて出る毒ガスのためでしょうね。売り場には火の気はありましたか？」

「寝具売り場には、一切、火の気はございません」

「お客様用の煙草の灰皿などはどうです？」

「寝具売り場では、一切お煙草は御遠慮頂いております。私も煙草は全然吸ったことがございません」

「その売り場で、なぜ火が出たのでしょう。心当りはありませんか」

「それは……」

「それを話して頂きましょう」

「今、警察の方にも申しあげたばかりですが、出火のあった一時間ばかり前、一人のお客様に、歩行喫煙を御注意申し上げたことがございます」

「それは？」

「はい、男のお客様で、寝具売り場の傍をお歩きになりながら煙草を吸っていらっしゃるのを見かけましたもので……」

「ほう――その人は、すぐ煙草を消しましたか？」

「そこまでは、見届けませんでした。何せ忙しかったものですから」

「その人が、あなたに注意されたのに反感を持って、吸っていた煙草を蒲団の中に押し込んだ、というようなことは考えられますか？」

「考えられません。私、ごく穏やかに御注意申しあげたつもりです。反感など買われるとは、とても……」

「その人の顔を覚えていますか。今度会ったとき、その人だと判りますか？」

「はい、お顔は覚えておりますが、私にはとてもそんなことは考えられません」

「そうすると、それ以外の発火原因がありますか？」

「……すると、この火災は、王母が起したと言うのか」

「王母が欲しがっていたのは午後一時のアリバイです。現在、一時にこれ以上大きな事件が起っていないとすれば、華雅舎の火災の原因は、王母にあるのに違いないと思います」

テレビの画面に、屋上からヘリコプターで救出された青年が映されている。

「ちょうど八階の食堂にいました。ええ、社用でお得意さんに贈るお中元を選び終った後でした……」

斧はふっと溜息を洩らして、

「今日、王母は休暇を取っていました。給料の少ない王母は、普段なら華雅舎などには行かなかったでしょうが、たまたま給料を貰ったばかりです。王母は賭け事もせず、女友達もいない。酒、煙草は嗜む程度、趣味は読書といいますから、無趣味みたいですね。たまには高級な食堂で、食事でもする気になったのでしょう。それで近くの華雅舎が選ばれた。選ばれた華雅舎としては、不運であったわけです。華雅舎に行った王母としても、必ずしも快適とは言えなかった」

それは、屋上から救出された青年も言っていることだ。

「デパートはお中元の時期で混雑しています。食堂も同様、ビールを飲んでしまっても、なかなか誂えが来ない。いらいらして女店員を叱りとばしていた人もいたようです。その男が王母だったという確信はありませんが、それに近い思いをしたことは想像されますね。散々待たされた挙句の料理は、量が少ないし、旨くもない。食事を終ってもゆっくりはしていられない。次の客が後ろで待っていますからね。煙草を一服つけると席を立たされる。煙草をつけたまま食堂を出、混んでいるエレベーターをさけて階段を降り、四階でひと息入れると、そこは寝具売り場でした」

「そこの主任に、王母は歩行煙草を注意されたのだね」

「そうです。それでなくとも王母は索然とした気持でいたのですよ。ガードマンの王母は体格がいい。薄給の王母にとって華雅舎での食事は、ちょっとした散財です。にもかかわらず、腹を満たすほどではなかった。食堂が混雑していなければ、歩きながら煙草を吸うこともなかったわけだ。寝具売り場の主任は、ごく穏やかに注意申し上げたなどと言っていますが、悪評で売っている華雅舎のことです。風采の上らぬ客のくわえ煙草など、相当に強い調子で咎めたと思われても仕方がない。王母としてはお客様である自分が咎められて、むっとしたでしょう。ビールの酔いも手伝ったかも知れません」

「そのまま、煙草を蒲団の中へ突っ込んだのか」

「当人の気持としては、蒲団一枚を焦す程度の腹いせ。それが原因で、千人を超す死者の出る大火になるとは、夢にも思わなかったことです」

「王母の煙草は、それから一時間もその蒲団の中でくすぶり続けていたわけだな」

「王母はどこで華雅舎の火災発生を知ったのか判りませんが、まだそのときには華雅舎の中にいたかも知れません。街を歩いていれば、電光ニュースなどが目に付くでしょうし、火災の煙は遠くからでも見えたに違いない。火災を知った王母は、急いで家に戻り、テレビをつけます。万が一、その発生原因が自分にあったら、どうしよう。

テレビの報道を見ているうちに、寝具売り場の主任が画面に現われる。主任の話では、不揃いの蒲団を直そうとして持ち上げたところ、突然火が発生したという。火災はあの煙草の火が原因だということは、決定的です。しかも、売り場主任は、それ以上に恐ろしいことを、ちゃんと覚えていた……

「出火のあった一時間ばかり前、一人の買物客に、歩行喫煙を注意した、ということだな」

「そればかりでなく、彼はその男の顔を覚えていて、今度その男に会っても、判ると答えているのですよ」

「王母は柄が大きく、特徴のある顔をしている……」

「王母の見ている前で、華雅舎の火災はますます勢いを強め、推定死者千人以上という大惨事になりました。ヘリコプターや、窓や、梯子車から落ち、目の前で大勢の罪もない人間が死んでゆく。娘を見失って、半狂乱になった母親が映し出される。その原因の全てが自分にあることが知れたら、国中の批難と罵倒、怨恨と呪詛が、一身に集中されるでしょう。自分がその真っただ中にいると考えるだけで、恐ろしさに前後の判断が付かなくなってしまった」

「千人もの人を殺した犯人であるより、一人の人を殺した犯罪者である方が、ずっと気が楽だ、と考えたわけだ」

「そうです。王母は下手なアリバイの小細工をするより、思い切ったアリバイ作りを考えたのです。警察が証明してくれるほどのアリバイを、です」

「事件は単純だったしな。不快指数の高い昼下りに起きた衝動殺人、犯人は自首しているし、現場の裏付けも証言どおり。俺だって華雅舎の火災の方に関心が傾いていた。もし警察が王母の証言を鵜呑みにしたら、王母は華雅舎の火災については、鉄壁のアリバイを持つことになっただろう。危いところだったな」

「被害者は解子でなくともいいわけでした。解子がいなければ、ここにいる家主が狙われたかも知れませんね。王母に必要なのは人を殺すことだけだったのですから。火災の煙が手近な人間から襲いかかるのと同じく、王母の殺意は身近な人物の上に定められました。いつものように解子はまだ出勤前でした。王母は解子に白羽の矢を立てた。解子には前の洗濯機の漏水事件で、悪い印象を持っていたし、また漏水事件を再現させれば、一応の殺人の動機を作り出せる便利がありました。そう決った以上、一刻も猶予はできない。彼は自分の包丁を持って二階に上る。ドアのチャイムを押し、解子が顔を見せたところを一突き――」

「全く……君という男は」

「そう感謝されても困ります」

「いや、感謝をしているんじゃない。呆れているんだ。世の中に、このテレビに無関心でいられて、妙なことを考える人間がいるなどということに……」

斧は笑って、

「私だってこの世にこんな見事な仏さんに無関心でいられる人がいるなんて信じられませんよ。でも望月さんがいたからこそ私は二つの事件を結びつけることが出来たようですね」

そうは言うものの、望月はどうも斧に対して納得がゆかぬ表情だった。

「被害者の傷口に衣服の繊維が残されていたことに、王母は気付かなかった。また、被害者の指に、朱肉が付いていたことも、王母は見落していた。もっとも、これは血の色と同じで仕方がなかったのかも知れませんがね。ただ、この朱肉からすると、これから、有力な証人が現われそうな予感がします」

斧の予感は当った。何分か後、解子の部屋のチャイムが鳴った。

「済みません、お預り願った品は千鳥荘の佐藤さんと、千鳥荘の佐藤さんの間違いでした。火事に気を取られていて、つい……」

と、デパートの配達員が言った。

応対に出た阿部刑事が、何気ない調子で尋ねている声が聞える。

「そりゃ構わないがね。前に配達した時刻を覚えているかい？」

「覚えておりますよ。三時になる少し前でした。そのとき奥さんは……」

Plan B

佐藤哲也

佐藤哲也（さとう・てつや）

一九六〇年、静岡県生まれ。成城大学法学部卒。九三年、『イラハイ』で日本ファンタジーノベル大賞を受賞し、デビュー。自身の手によるウェブサイトやSNS上での作品発表にも意欲的に乗り出している。『沢蟹まけると意志の力』『ぬかるんでから』『妻の帝国』『異国伝』『熱帯』『サラミス』『下りの船』『シンドローム』『Ｐｌａｎ Ｂ』他著作多数。

神々

月の光が丘を照らし、青白く輝く丘の向こうで排気音が轟いた。猛々しい音があたりに響き、震える空気が丘を下り、ふもとにうずくまる家々が瀟洒な窓を一斉に鳴らす。明かりが灯る。叫びが上がる。丘の上に警察の車両が現われた。旋回灯がきらめいている。警官たちが降り立って丘の向こうに銃を向けた。続けざまに発砲する。それが姿を現わした。改造バイクにまたがったバイカーたちが警官たちにのしかかる。巨大なバイクは車輪だけでも直径三メートルを超えている。警官が蟻のように弾き飛ばされ車が玩具のように押し潰される。エンジンが唸る。マフラーが吠える。神々のバイクが丘を下る。

侵略

外宇宙から円盤型の宇宙船を連ねてやって来た侵略者たちは人類の高々度防衛網を難なく突破して、払暁を迎えた地域を目指して一直線に舞い降りていった。着陸するとただちに地上部隊を展開し、あわてふためく人類を一方的に痛めつけた。そこは紛争地帯だった。各派の民兵部隊は予想外の勢力が出現したのに驚いてそれぞれの拠点まで退却したが、とにかく逃げるところまで逃げてしまうと増援を得て態勢を整え、小火器だけではとても足りないということで、対空砲、迫撃砲、ミニガン、ＲＰＧなどの火器もそろえるとピックアップトラックを連ねて反撃に出た。民兵各派の部隊は地元民しか名前を知らないさびれた場所に日頃の対立を忘れて集結し、そこで侵略者たちの地上部隊に立ち向かった。驚いたことに互角だった。

美女

宇宙からやって来た怪物たちが森のはずれの湖に宇宙船を隠していた。夜になると浮上して、近くの町に偵察を送って若い娘の写真を撮っていた。集めた写真を囲んで協議して町一番の美女を投票で決め、町一番の美女に選ばれた娘をさらうために、ある晩、全員で出撃した。ところが森を抜けていくあいだに一匹、また一匹と消えていく。その森には殺人鬼の一家が潜んでいた。宇宙から来た怪物が地球人の娘をさらおうとしているところを見かけると、追いつめて残忍な方法で殺していた。地球防衛の第一線にいることを、一家はとても誇っていた。

仙女

昔むかし、海と空の向こうの国に魔法を使う仙女がいた。仙女が杖の先で石を叩くと石が割れて美しいお姫様が現われた。仙女が杖の先で蛙を叩くと蛙は美しい王子様に変身した。仙女が杖の先で木の幹を叩くと幹が割れて美しいお姫様が現われた。仙女が杖の先で蟹を叩くと甲羅が割れて美しい王子様が現われた。仙女が杖の先で壁を叩くと壁が割れて美しい王子様やお姫様が現われた。仙女が杖の先で敷石を叩くと道が割れて地面の下からたくさんの王子様やお姫様が現われた。仙女をとめる手立てはなかった。

杜子春

芥川龍之介

芥川龍之介（あくたがわ・りゅうのすけ）

一八九二年、東京府生まれ。一九二七年没。東京帝国大学英文科卒。一四年、菊池寛らと同人誌「新思潮」を刊行し、翻訳や小説執筆等作家活動を開始。一五年「羅生門」を「帝国文学」に発表。一六年、短編「鼻」が夏目漱石の激賞を受ける。一七年、短編集『羅生門』『煙草と悪魔』を刊行。「芋粥」「蜘蛛の糸」「或阿呆の一生」「歯車」他著作多数。

一

ある春の日暮《ひぐれ》です。

唐《とう》の都洛陽《らくよう》の西の門の下に、ぼんやり空を仰いでいる、一人の若者がありました。

若者は名を杜子春《とししゅん》といって、元は金持の息子《むすこ》でしたが、今は財産を費《つか》い尽して、その日暮しにも困るくらい、憐《あわれ》な身分になっているのです。

何しろその頃洛陽といえば、天下に並ぶもののない、繁昌《はんじょう》を極めた都ですから、往来にはまだしっきりなく、人や車が通っていました。門一ぱいに当っている、油のような夕日の光の中に、老人のかぶった紗《しゃ》の帽子《ぼうし》や、土耳古《トルコ》の女の金の耳環《みみわ》や、白馬《しろうま》に飾った色糸の手綱《たづな》が、絶えず流れて行く容子《ようす》は、まるで画のような美しさです。

しかし杜子春は相変らず、門の壁に身を凭《もた》せて、ぼんやり空ばかり眺めていました。空には、もう細い月が、うらうらと靡《なび》いた霞の中に、まるで爪の痕《あと》かと思うほど、かすかに白く浮んでいるのです。

「日は暮れるし、腹は減るし、その上もうどこへ行っても、泊《と》めてくれる所はなさそうだし——こんな思いをして生きているくらいなら、一そ川へでも身を投げて、死んでしまった方がましかも知れない。」

杜子春はひとりさっきから、こんな取りとめもないことを思いめぐらしていたのです。

するとどこからやって来たか、突然彼の前へ足を止めた、片目眇《すがめ》の老人があります。それが夕日の光を浴びて、大きな影を門へ落すと、じっと杜子春の顔を見ながら、

「お前は何を考えているのだ。」と、横柄《おうへい》に言葉をかけました。

「私《わたし》ですか。私は今夜寝る所もないので、どうしたものかと考えているのです。」

老人の尋《たず》ね方が急でしたから、杜子春はさすがに眼を伏せて、思わず正直な答をしました。

「そうか。それは可哀《かわい》そうだな。」

老人はしばらく何事か考えているようでしたが、やがて、往来にさしている夕日の光を指さしながら、

「ではおれが好《い》いことを一つ教えてやろう。今この夕日の中に立って、お前の影が地に映《うつ》ったら、その頭に当る所を夜中《よなか》に掘って見るが好い。きっと車に一ぱいの黄金《おうごん》が

埋《う》まっている筈だから。」

「ほんとうですか。」

杜子春は驚いて、伏せていた眼を挙げました。所がさらに不思議なことには、あの老人はどこへ行ったか、もうあたりにはそれらしい、影も形も見当りません。その代り空の月の色は前よりもなお白くなって、休みない往来の人通りの上には、もう気の早い蝙蝠《こうもり》が二三匹ひらひら舞っていました。

二

杜子春《とししゅん》は一日の内に、洛陽《らくよう》の都でもただ一人という大金持になりました。あの老人の言葉通り、夕日に影を映して見て、その頭に当る所を、夜中にそっと掘って見たら、大きな車にも余るくらい、黄金《おうごん》が一山出て来たのです。

大金持になった杜子春は、すぐに立派《りっぱ》な家《うち》を買って、玄宗皇帝《げんそうこうてい》にも負けないくらい、贅沢《ぜいたく》な暮しをし始めました。蘭陵《らんりょう》の酒を買わせるやら、桂州《けいしゅう》の竜眼肉《りゅうがんにく》をとりよせるやら、日に四度《よたび》色の変る牡丹《ぼたん》を庭に植えさせるやら、白孔雀《しろくじゃく》を何羽も放し飼いにするやら、玉を集めるやら、錦を縫わせるやら、香木《こうぼく》の車を造らせるやら、象牙《ぞうげ》の椅子《いす》を誂《あつら》えるやら、その贅沢を一々書いていては、いつになってもこの話がおしまいにならないくらいです。

するとこういう噂《うわさ》を聞いて、今までは路で行き合っても、挨拶《あいさつ》さえしなかった友だちなどが、朝夕《あさゆう》遊びにやって来ました。それも一日毎《ごと》に数が増して、半年ばかり経つ内には、洛陽の都に名を知られた才子や美人が多い中で、杜子春の家へ来ないものは、一人もないくらいになってしまったのです。杜子春はこの御客たちを相手に、毎日酒盛りを開きました。その酒盛りのまた盛なことは、中々口には尽されません。ごくかいつまんだだけをお話しても、杜子春が金の杯《さかずき》に西洋から来た葡萄酒《ぶどうしゅ》を汲んで、天竺《てんじく》生れの魔法使が刀を呑んで見せる芸に見とれていると、そのまわりには二十人の女たちが、十人は翡翠《ひすい》の蓮《はす》の花を、十人は瑪瑙《めのう》の牡丹《ぼたん》の花を、いずれも髪に飾りながら、笛や琴を節《ふし》面白く奏しているという景色なのです。

しかしいくら大金持でも、御金には際限がありますから、さすがに贅沢家《ぜいたくや》の杜子春も、一年二年と経《た》つ内には、だんだん貧乏になり出しました。そうすると人間は薄情なもので、昨日《きのう》まで毎日来た友だちも、今日は門の前を通ってさえ、挨拶一つして行きません。ましてとうとう三年目の春、また杜子春が以前の通り、一文無《いちもんな》しになって見ると、広い洛陽の都の中にも、彼に宿を貸そうという家《うち》は、一軒もなくなってしまいました。いや、宿を貸す所か、今では椀《わん》に一杯の水も、恵んでくれるものはないのです。

そこで彼はある日の夕方、もう一度あの洛陽の西の門の下へ行って、ぼんやり空を眺めながら、途方《とほう》に暮れて立っていました。するとやはり昔のように、片目眇《すがめ》の老人が、どこからか姿を現して、

「お前は何を考えているのだ。」と、声をかけるではありませんか。

杜子春は老人の顔を見ると、恥しそうに下を向いたまま、しばらくは返事もしませんでした。が、老人はその日も親切そうに、同じ言葉を繰返しますから、こちらも前と同じように、「私は今夜寝る所もないので、どうしたものかと考えているのです。」と、恐る恐る返事をしました。

「そうか。それは可哀そうだな。ではおれが好《い》いことを一つ教えてやろう。今この夕日の中へ立って、お前の影が地に映ったら、その胸に当る所を、夜中《よなか》に掘って見るが好い。きっと車に一ぱいの黄金《おうごん》が埋まっている筈だから。」

老人はこう言ったと思うと、今度もまた人ごみの中へ、掻《か》き消すように隠れてしまいました。

杜子春はその翌日から、たちまち天下第一の大金持に返りました。と同時に相変ら

ず、仕放題《しほうだい》な贅沢《ぜいたく》をし始めました。庭に咲いている牡丹《ぼたん》の花、その中に眠っている白《しろ》孔雀《くじゃく》、それから刀を呑んで見せる、天竺《てんじく》から来た魔法使——すべてが昔の通りなのです。

ですから車に一ぱいあった、あの夥《おびただ》しい黄金も、また三年ばかり経つ内には、すっかりなくなってしまいました。

三

「お前は何を考えているのだ。」

片目眇《すがめ》の老人は、三度《みたび》杜子春《とししゅん》の前へ来て、同じことを問いかけました。勿論彼はその時も、洛陽《らくよう》の西の門の下に、ほそぼそと霞を破っている三日月の光を眺めながら、ぼんやり佇《たたず》んでいたのです。

「私ですか。私は今夜寝る所もないので、どうしようかと思っているのです。」

「そうか。それは可哀そうだな。ではおれが好いことを教えてやろう。今この夕日の中へ立って、お前の影が地に映ったら、その腹に当る所を、夜中に掘って見るが好い。きっと車に一ぱいの——」

老人がここまで言いかけると、杜子春は急に手を挙げて、その言葉を遮《さえぎ》りました。

「いや、お金はもう入らないのです。」

「金はもう入らない？　ははあ、では贅沢をするにはとうとう飽《あ》きてしまったと見えるな。」

老人は審《いぶか》しそうな眼つきをしながら、じっと杜子春の顔を見つめました。

「何、贅沢に飽きたのじゃありません。人間というものに愛想《あいそ》がつきたのです。」

杜子春は不平そうな顔をしながら、突慳貪《つっけんどん》にこう言いました。

「それは面白いな。どうしてまた人間に愛想が尽きたのだ？」

「人間は皆薄情です。私が大金持になった時には、世辞も追従《ついしょう》もしますけれど、一旦貧乏《びんぼう》になって御覧なさい。柔しい顔さえもして見せはしません。そんなことを考えると、たといもう一度大金持になった所が、何にもならないような気がするのです。」

老人は杜子春の言葉を聞くと、急ににやにや笑い出しました。

「そうか。いや、お前は若い者に似合わず、感心に物のわかる男だ。ではこれからは貧乏をしても、安らかに暮して行くつもりか。」

杜子春はちょいとためらいました。が、すぐに思い切った眼を挙げると、訴えるように老人の顔を見ながら、

「それも今の私には出来ません。ですから私はあなたの弟子《でし》になって、仙術《せんじゅつ》の修業をしたいと思うのです。いいえ、隠してはいけません。あなたは道徳の高い仙人《せんにん》でしょう。仙人でなければ、一夜《いちや》の内に私を天下第一の大金持にすることは出来ない筈です。どうか私の先生になって、不思議な仙術を教えて下さい。」

老人は眉《まゆ》をひそめたまま、しばらくは黙って、何事か考えているようでしたが、やがてまたにっこり笑いながら、

「いかにもおれは峨眉山《がびさん》に棲《す》んでいる、鉄冠子《てっかんし》という仙人だ。始めお前の顔を見た時、どこか物わかりが好さそうだったから、二度まで大金持にしてやったのだが、それほど仙人になりたければ、おれの弟子にとり立ててやろう。」と、快く願《ねがい》を容れてくれました。

杜子春は喜んだの、喜ばないのではありません。老人の言葉がまだ終らない内に、彼は大地に額《ひたい》をつけて、何度も鉄冠子に御時宜《おじぎ》をしました。

「いや、そう御礼などは言って貰うまい。いくらおれの弟子にした所で、立派《りっぱ》な仙人になれるかなれないかは、お前次第できまることだからな。――が、ともかくもまずおれと一しょに、峨眉山の奥へ来て見るが好い。おお、幸《さいわい》、ここに竹杖が一本落ちている。では早速これへ乗って、一飛びに空を渡るとしよう。」

鉄冠子はそこにあった青竹を一本拾い上げると、口の中《うち》に呪文《じゆもん》を唱えながら、杜子春と一しょにその竹へ、馬にでも乗るように跨《また》がりました。すると不思議ではありませんか。竹杖はたちまち竜のように、勢いよく大空へ舞い上って、晴れ渡った春の夕空を峨眉山の方角へ飛んで行きました。

杜子春は胆《きも》をつぶしながら、恐る恐る下を見下しました。が、下にはただ青い山々が夕明《ゆうあか》りの底に見えるばかりで、あの洛陽の都の西の門は、(とうに霞に紛《まぎ》れたのでしょう。)どこを探しても見当りません。その内に鉄冠子は、白い鬢《びん》の毛を風に吹かせて、高らかに歌を唱い出しました。

朝《あした》に北海《ほっかい》に遊び、暮《くれ》には蒼梧《そうご》。
袖裏《しゅうり》の青蛇《せいだ》、胆気《たんき》粗《そ》なり。
三たび岳陽《がくよう》に入れども、人識らず。
朗吟《ろうぎん》して、飛過《ひか》す洞庭湖《どうていこ》。

四

二人を乗せた青竹は、間《ま》もなく峨眉山《がびさん》へ舞い下《さが》りました。

そこは深い谷に臨んだ、幅の広い一枚岩の上でしたが、よくよく高い所だと見えて、中空《なかぞら》に垂れた北斗《ほくと》の星が、茶碗ほどの大きさに光っていました。元より人跡《じんせき》の絶えた山ですから、あたりはしんと静まり返って、やっと耳にはいるものは、後《うしろ》の絶壁に生えている、曲りくねった一株の松が、こうこうと夜風に鳴る音だけです。

二人がこの岩の上に来ると、鉄冠子《てっかんし》は杜子春《とししゅん》を絶壁の下に坐らせて、

「おれはこれから天上へ行って、西王母《せいおうぼ》に御眼にかかって来るから、お前はその間ここに坐って、おれの帰るのを待っているが好《い》い。多分おれがいなくなると、いろいろな魔性《ましょう》が現れて、お前をたぶらかそうとするだろうが、たといどんなことが起ろうとも、決して声を出すのではないぞ。もし一言《ひとこと》でも口を利《き》いたら、お前は到底仙人《せんにん》にはなれないものだと覚悟をしろ。好《い》いか。天地が裂《さ》けても、黙っているのだぞ。」と言いました。

「大丈夫です。決して声なぞは出しはしません。命がなくなっても、黙っています。」

「そうか。それを聞いて、おれも安心した。ではおれは行って来るから。」

老人は杜子春に別れを告げると、またあの竹杖に跨《また》って、夜目にも削《けず》ったような山々の空へ、一文字に消えてしまいました。

杜子春はたった一人、岩の上に坐ったまま、静に星を眺めていました。するとかれ

これ半時《はんとき》ばかり経って、深山の夜気が肌寒く薄い着物に透《とお》り出した頃、突然空中に声があって、

「そこにいるのは何者だ。」と、叱りつけるではありませんか。

しかし杜子春は仙人の教通り、何とも返事をしずにいました。

ところがまたしばらくすると、やはり同じ声が響いて、

「返事をしないと立ち所に、命はないものと覚悟しろ。」と、いかめしく嚇《おど》しつけるのです。

杜子春は勿論黙っていました。

と、どこから登って来たか、爛々《らんらん》と眼を光らせた虎が一匹、忽然と岩の上に躍り上って、杜子春の姿を睨《にら》みながら、一声高く哮《たけ》りました。のみならずそれと同時に、頭の上の松の枝が、烈しくざわざわ揺れたと思うと、後の絶壁の頂からは、四斗樽《しとだる》ほどの白蛇《はくだ》が一匹、炎のような舌を吐いて、見る見る近くへ下りて来るのです。

杜子春はしかし平然と、眉毛も動かさずに坐っていました。

虎と蛇とは、一つ餌食《えじき》を狙《ねら》って、互に隙でも窺《うかが》うのか、しばらくは睨合《にらみあ》いの体《てい》でしたが、やがてどちらが先ともなく、一時に杜子春に飛びかかりました。が虎の牙《きば》に噛まれるか、蛇の舌に呑まれるか、杜子春の命は瞬く内に、なくなってしまうと思った

時、虎と蛇とは霧のごとく、夜風と共に消え失《う》せて、後《あと》にはただ、絶壁の松が、さっきの通りこうこうと枝を鳴らしているばかりなのです。杜子春はほっと一息《ひといき》しながら、今度はどんなことが起るかと、心待ちに待っていました。

すると一陣の風が吹き起って、墨のような黒雲が一面にあたりをとざすや否や、うす紫の稲妻《いなずま》がやにわに闇を二つに裂いて、凄じく雷《らい》が鳴り出しました。いや、雷ばかりではありません。それと一しょに瀑《たき》のような雨も、いきなりどうどうと降り出したのです。杜子春はこの天変の中に、恐れ気《げ》もなく坐っていました。風の音、雨のしぶき、それから絶え間ない稲妻の光、——しばらくはさすがの峨眉山《がびさん》も、覆《くつがえ》るかと思うくらいでしたが、その内に耳をもつんざくほど、大きな雷鳴が轟いたと思うと、空に渦巻いた黒雲の中から、まっ赤な一本の火柱《ひばしら》が、杜子春の頭へ落ちかかりました。

杜子春は思わず耳を抑えて、一枚岩の上へひれ伏しました。が、すぐに眼を開《ひら》いて見ると、空は以前の通り晴れ渡って、向うに聳えた山々の上にも、茶碗ほどの北斗の星が、やはりきらきら輝いています。して見れば今の大あらしも、あの虎や白蛇《しろへび》と同じように、鉄冠子の留守《るす》をつけこんだ、魔性《ましょう》の悪戯《いたずら》に違いありません。杜子春はようやく安心して、額の冷汗《ひやあせ》を拭いながら、また岩の上に坐り直しました。

が、そのため息がまだ消えない内に、今度は彼の坐っている前へ、金の鎧《よろい》を着下《きくだ》した、身の丈《たけ》三丈もあろうという、厳かな神将《しんしょう》が現れました。神将は手に三叉《みつまた》の戟《ほこ》を持っていましたが、いきなりその戟の切先《きっさき》を杜子春の胸《むな》もとへ向けながら、眼を嗔《いか》らせて叱りつけるのを聞けば、

「こら、その方は一体何物だ。この峨眉山という山は、天地開闢《かいびゃく》の昔から、おれが住《す》居《い》をしている所だぞ。それを憚《はばか》らずたった一人、ここへ足を踏み入れるとは、よもやただの人間ではあるまい。さあ命が惜しかったら、一刻も早く返答しろ。」と言うのです。

しかし杜子春は老人の言葉通り、黙然《もくねん》と口を噤《つぐ》んでいました。

「返事をしないか。──しないな。好し。しなければ、しないで勝手にしろ。その代りおれの眷属《けんぞく》たちが、その方をずたずたに斬ってしまうぞ。」

神将は戟《ほこ》を高く挙げて、向うの山の空を招きました。その途端《とたん》に闇がさっと裂《さ》けると、驚いたことには、無数の神兵が、雲のごとく空に充満《みちみ》ちて、それが皆槍《やり》や刀をきらめかせながら、今にもここへ一なだれに攻め寄せようとしているのです。

この景色を見た杜子春は、思わずあっと叫びそうにしましたが、すぐにまた鉄冠子の言葉を思い出して、一生懸命に黙っていました。神将は彼が恐れないのを見ると、怒《おこ》ったの怒らないのではありません。

「この剛情者め。どうしても返事をしなければ、約束通り命はとってやるぞ。」

神将はこう喚《わめ》くが早いか、三叉《みつまた》の戟《ほこ》を閃《ひらめ》かせて、一突きに杜子春を突き殺しました。そうして峨眉山もどよむほど、からからと高く笑いながら、どこともなく消えてしまいました。勿論この時はもう無数の神兵も、吹き渡る夜風の音と一しょに、夢のように消え失《う》せた後だったのです。

北斗の星はまた寒そうに、一枚岩の上を照らし始めました。絶壁の松も前に変らず、こうこうと枝を鳴らせています。が、杜子春はとうに息が絶えて、仰向《あおむ》けにそこへ倒れていました。

五

杜子春《とししゅん》の体は岩の上へ、仰向けに倒れていましたが、杜子春の魂は、静に体から抜け出して、地獄の底へ下《お》りて行きました。

この世と地獄との間には、闇穴道《あんけつどう》という道があって、そこは年中暗い空に、氷のような冷たい風がぴゅうぴゅう吹き荒《すさ》んでいるのです。杜子春はその風に吹かれながら、しばらくはただ木《こ》の葉《は》のように、空を漂《ただよ》って行きましたが、やがて森羅殿《しんらでん》という額《がく》の懸った立派《りっぱ》な御殿《ごてん》の前へ出ました。

御殿の前にいた大勢の鬼《おに》は、杜子春の姿を見るや否や、すぐにそのまわりを取り捲《ま》いて、階《きざはし》の前へ引き据えました。階の上には一人の王様が、まっ黒な袍《きもの》に金の冠《かんむり》をかぶって、いかめしくあたりを睨んでいます。これは兼ねて噂に聞いた、閻魔大王《えんまだいおう》に違いありません。杜子春はどうなることかと思いながら、恐る恐るそこへ跪《ひざまず》いていました。

「こら、その方は何のために、峨眉山《がびさん》の上へ坐っていた？」

閻魔大王の声は雷《かみなり》のように、階の上から響きました。杜子春は早速その問に答えようとしましたが、ふとまた思い出したのは、「決して口を利《き》くな。」という鉄冠子《てっかんし》の戒《いまし》めの言葉です。そこでただ頭を垂れたまま、唖《おし》のように黙っていました。すると閻魔大王は、持っていた鉄の笏《しゃく》を挙げて、顔中の鬚《ひげ》を逆立《さかだ》てながら、

「その方はここをどこだと思う？　速《すみやか》に返答をすれば好し、さもなければ時を移さず、地獄の呵責《かしゃく》に遇《あ》わせてくれるぞ。」と、威丈高《いたけだか》に罵りました。

が、杜子春は相変らず唇《くちびる》一つ動かしません。それを見た閻魔大王は、すぐに鬼どもの方を向いて、荒々しく何か言いつけると、鬼どもは一度に畏《かしこま》って、たちまち杜子春を引き立てながら、森羅殿の空へ舞い上りました。

地獄には誰でも知っている通り、剣《つるぎ》の山や血の池のほかにも、焦熱《しょうねつ》地獄という焔《ほのお》の谷や極寒《ごっかん》地獄という氷の海が、真暗な空の下に並んでいます。鬼どもはそういう地獄の中へ、代る代る杜子春を抛《ほう》りこみました。ですから杜子春は無残《むざん》にも、剣に胸を貫かれるやら、焔に顔を焼かれるやら、舌を抜かれるやら、皮を剝《は》がれるやら、鉄の杵《きね》に撞《つ》かれるやら、油の鍋に煮られるやら、毒蛇《どくじゃ》に脳味噌《のうみそ》を吸われるやら、熊鷹《くまたか》に眼を食われるやら、――その苦しみを数え立てていては、到底際限がないくらい、あらゆる責苦《せめく》に遇わされたのです。それでも杜子春は我慢強く、じっと歯を食いしばったまま、一言《ひとこと》も口を利《き》きませんでした。

これにはさすがの鬼どもも、呆《あき》れ返ってしまったのでしょう。もう一度夜《よる》のような空を飛んで、森羅殿の前へ帰って来ると、さっきの通り杜子春を階《きざはし》の下に引き据えながら、御殿《ごてん》の上の閻魔大王に、

「この罪人はどうしても、ものを言う気色《けしき》がございません。」と、口を揃えて言上《ごんじょう》しました。

閻魔大王は眉《まゆ》をひそめて、しばらく思案に暮れていましたが、やがて何か思いついたと見えて、

「この男の父母《ちちはは》は、畜生道《ちくしょうどう》に落ちている筈だから、早速ここへ引き立てて来い。」と、

一匹の鬼に言いつけました。

鬼はたちまち風に乗って、地獄の空へ舞い上りました。と思うと、また星が流れるように、二匹の獣《けもの》を駆り立てながら、さっと森羅殿の前へ下りて来ました。その獣を見た杜子春は、驚いたの驚かないのではありません。なぜかといえばそれは二匹とも、形は見すぼらしい痩《や》せ馬でしたが、顔は夢にも忘れない、死んだ父母の通りでしたから。

「こら、その方は何のために、峨眉山《がびさん》の上に坐っていたか、まっすぐに白状《はくじょう》しなければ、今度はその方の父母に痛い思いをさせてやるぞ。」

杜子春はこう嚇《おど》されても、やはり返答をしずにいました。

「この不孝者めが。その方は父母が苦しんでも、その方さえ都合《つごう》が好ければ、好いと思っているのだな。」

閻魔大王は森羅殿も崩れるほど、凄じい声で喚《わめ》きました。

「打て。鬼ども。その二匹の畜生を、肉も骨も打ち砕いてしまえ。」

鬼どもは一斉に「はっ」と答えながら、鉄の鞭《むち》をとって立ち上ると、四方八方から二匹の馬を、未練未釈《みれんみしやく》なく打ちのめしました。鞭はりゅうりゅうと風を切って、所嫌わず雨のように、馬の皮肉《ひにく》を打ち破るのです。馬は、——畜生になった父母は、苦しそうに身を悶《もだ》えて、眼には血の涙を浮べたまま、見てもいられないほど嘶《いなな》き立てました。

「どうだ。まだその方は白状しないか。」

閻魔大王は鬼どもに、しばらく鞭の手をやめさせて、もう一度杜子春の答を促しました。もうその時には二匹の馬も、肉は裂け骨は砕けて、息も絶え絶えに階《きざはし》の前へ、倒れ伏していたのです。

杜子春は必死になって、鉄冠子の言葉を思い出しながら、緊《かた》く眼をつぶっていました。するとその時彼の耳には、ほとんど声とはいえないくらい、かすかな声が伝わって来ました。

「心配をおしでない。私たちはどうなっても、お前さえ仕合せになれるのなら、それより結構なことはないのだからね。大王が何と仰《おっしゃ》っても、言いたくないことは黙って御出《おい》で。」

それは確かに懐しい、母親の声に違いありません。杜子春は思わず、眼をあきました。そうして馬の一匹が、力なく地上に倒れたまま、悲しそうに彼の顔へ、じっと眼をやっているのを見ました。母親はこんな苦しみの中にも、息子《むすこ》の心を思いやって、鬼どもの鞭に打たれたことを、怨《うら》む気色《けしき》さえも見せないのです。大金持になれば御世辞を言い、貧乏人になれば口も利《き》かない世間の人たちに比《くら》べると、何という有難い志でしょう。何という健気《けなげ》な決心でしょう。杜子春は老人の戒めも忘れて、転《まろ》ぶようにその側へ走りよると、両手に半死の馬の頸《くび》を抱《だ》いて、はらはらと涙を落しながら、「お母さん。」と一声《ひとこえ》を叫びました。……

六

その声に気がついて見ると、杜子春《とししゅん》はやはり夕日を浴びて、洛陽《らくよう》の西の門の下に、ぼんやり佇《たたず》んでいるのでした。霞んだ空、白い三日月、絶え間ない人や車の波、――すべてがまだ峨眉山《がびさん》へ、行かない前と同じことです。

「どうだな。おれの弟子《でし》になった所が、とても仙人《せんにん》にはなれはすまい。」

片目眇《すがめ》の老人は微笑を含みながら言いました。

「なれません。なれませんが、しかし私はなれなかったことも、反《かえ》って嬉しい気がするのです。」

杜子春はまだ眼に涙を浮べたまま、思わず老人の手を握りました。

「いくら仙人になれた所が、私はあの地獄《じごく》の森羅殿《しんらでん》の前に、鞭を受けている父母《ちちはは》を見つめました。

ては、黙っている訳には行きません。」

「もしお前が黙っていたら――」と鉄冠子《てつかんし》は急に厳《おごそか》な顔になって、じっと杜子春を見つめました。

「もしお前が黙っていたら、おれは即座にお前の命を絶ってしまおうと思っていたのだ。――お前はもう仙人になりたいという望も持っていまい。大金持になることは、元より愛想《あいそ》がつきた筈だ。ではお前はこれから後《のち》、何になったら好《い》いと思うな。」

「何になっても、人間らしい、正直な暮しをするつもりです。」

杜子春の声には今までにない晴れ晴れした調子が罩《こも》っていました。

「その言葉を忘れるなよ。ではおれは今日《きょう》限り、二度とお前には遇《あ》わないから。」

鉄冠子はこう言う内に、もう歩き出していましたが、急にまた足を止めて、杜子春の方を振り返ると、

「おお、幸《さいわい》、今思い出したが、おれは泰山《たいざん》の南の麓《ふもと》に一軒の家を持っている。その家を畑ごとお前にやるから、早速行って住まうが好い。今頃はちょうど家のまわりに、桃の花が一面に咲いているだろう。」と、さも愉快そうにつけ加えました。

ヘルメット・オブ・アイアン

一條次郎

一條次郎（いちじょう・じろう）

一九七四年生まれ、福島県在住。山形大学人文学部卒。二〇一五年、『レプリカたちの夜』で新潮ミステリー大賞を受賞し、デビュー。ミステリーというジャンルの枠組みに囚われることなく、独自の世界へと読者を引き込む作風・文体に注目が集まる。一八年に長編小説『ざんねんなスパイ』、二〇年に短編集『動物たちのまーまー』を刊行している。

1

夕刻、タクシーに乗りこみ行き先を告げた。

「ラクヨーまで頼む」

車はなめらかに発進し、ビルや公園、行きかう人びとが背後に流れてゆく。おれはひどく疲れていた。ここから逃げ出したかった。いつのころからか、この世界に違和感をかんじるようになっていた。きっとまちがった時代のまちがった場所に生まれてきてしまったのだ。だからといってどうすることもできない。いっそ仙人にでもなって、どこか人里離れた山奥でひっそりとした生活を送りたかった。

これからは人間らしい暮らしがしたい——。

杜子春《とししゅん》だ。かれがそういっていた。杜子春のことは杜子春という本に詳しく書かれてあるのだが、おれはその杜子春て本を読んで、杜子春のやり口をまねようとおもった。あの本のとおりにやれば静かな暮らしが手に入る。そうおもった。

つまり、こうだ。

トーの都、ラクヨーの西の門でひとりさびしく杜子春が「お金もないし、いっそ死のうかしら」と世をはかなんでいると、鉄冠子《てっかんし》という仙人がやってくる。で、一度や二度は金持ちにしてくれるが、つい贅沢《ぜいたく》をしてしまい、すぐまた貧乏に。でもって「金のあるなしで態度を変える人間たちには愛想がつきたんで弟子にしてください」と申し出ると、ガビ山《さん》というところへ連れていかれ、仙人になれるかどうか試されるのだ。「なにがあっても声をあげずにこの崖《がけ》で待っていろ」と。めちゃくちゃ怖い目にあうけど、そこはがまん。で、最後に地獄で鬼たちに両親がいたぶられてるのを目《ま》の当たりにし「もーだめ。こんなの見てられないよっ!」みたいな声をもらせば万事OK。仙人になるのはあきらめ「やっぱり人間らしい暮らしがしたいです」と猛省。そしたら「いいねいいね、それってよいこころがけだね。殊勝だね」ってほめられ、タイ山《ざん》てとこにある長閑《のどか》で素敵に風光明媚《めいび》な一軒家がもらえるのだ。

どうだい博学だろう? こんな簡単にいい家を手に入れる方法があるなんて、余人はおもいもよらないのではないか。なにしろおれは文学に心得がある。著作権の消えた小説をてきとうに見繕って売りさばく仕事をしていたのだ。それもいまはくびになったが。

それにしても「人間の世界にいては人間らしい暮らしができない」というのも皮肉な話だ。「人の世が住みにくいからといって、人でなしの国へ行ったらもっと住みにくかろう」などとふざけたことをいってる男もいたな。正直、杜子春のいってることもちょっとおかしい。だって両親そろって地獄にいるわけだ。それならけっこうな人でなしだったにちがいない。そんな親がいたぶられても、おもわず声がもれたりはしないような気もする。

まあ、かくいうおれも貧乏人のせがれ。親の借金にはずいぶん苦しめられていた。やむにやまれぬ借金ではない。父母ともに、ろくに働きもせず遊びほうけて散財したのだ。なんたる懶惰《らんだ》者だろう。最後は二人して、よその家にあった金の仏像を盗んできて「死んでも死にたくない！」と叫びながら車にはねられて死んだ。おかげですべての借金はおれの負担に。どこへ行っても借金取りに追い回される始末。結句、額に釈迦《しゃか》の入れ墨をした借金取りが会社へやってきて「金が払えないのなら——」といって社長の両足をへし折ってしまった。額の釈迦が馬に乗っていたのが、なぜだか印象にのこっている。もちろんおれは即解雇だ。そのときつくづくかんじたのは、人はだれも人を助けないということだった。借金取りの連中はまだおれをつけ狙《ねら》っている。だからこそいっそうおれは山奥に逃げこみたかった。

「つきましたぜ、旦那《だんな》」

運転手の声でおれは目が覚めた。ついうとうとしていたらしい。ラクヨーの門には夕日がさしていた。案外早く到着したものだ。すっかり眠りこけて丸一日たったのかもしれない。いや、もしかすると朝日か。西の門ではなく東の門かも——とおもったが、やはり西の門でまちがいない。黄砂で霞《かすみ》がかった三日月を背に、気のはやいコウモリが二、三匹宙を舞っていた。

ミラーごしにおれの顔を見つめる運転手に気づき、会社の名刺を渡した。

「つけにしておいてくれ」

すでに辞めた会社だ。ロシア人の運転手（ダッシュボードにヴィクトルとかいうキリル文字っぽい乗務員証が見えた）は名刺とおれをかわるがわるながめ、なにか言葉をのみこみ去っていった。

おれはさっそく壁に背をもたせて夕空を見あげた。ああ、日は暮れるし腹はへるし、いっそ川へ身投げしようかなあ——と嘆き、そっとあたりをうかがう。するとすぐに黒いアイパッチをした老人が姿を見せた。鉄冠子だ。老人はおれのまえで足を止め、じっと顔をのぞきこんでいった。

「おまえはなにを考えているのだ」

「わたしですか。寝るところもないのでどうしたものかと考えているのです」

老人はなにか考えているようすだったが、またおれの顔を見ながらいった。

「おまえはなにを考えているのだ」

「えっと、今夜どうしたものかなあと……」

「おまえはなにを考えているのだ」

耳が遠いのだろうか。きゅうに演技をするのがめんどくさくなった。

「だからなんていうかそのうまいことやって、一生楽して暮らしたいなあなんてことをおもってたりするんですけど？」

老人はしばらくなにか考えるようにした。よけいなことをいってしまったとおれは心配になった。やがて老人は顔をあげた。

「そうか。それはかわいそうだな。それならいいことを教えてやろう」

よかった。よくきこえてなかったみたいだ。おれはいてもたってもいられなくなり、老人の言葉をさえぎった。

「いえ、いいです。穴を掘れば黄金が埋まってるっていうんでしょ。そのへんは省略してかまいません。人間たちのあさましさにはうんざりしてますから。それより先へ進みましょう。どうか弟子にしてください。隠してはいけません。あなたは仙人なのでしょう？」

あ、でもいったん金銀財宝を手に入れて、それで借金を返済してからにすればよかったかもとおもったが、老人はすぐに、

「いかにも。わしはマウント・ガビに棲《す》んでいる鉄冠子、通称ヘルメット・オブ・アイアンという仙人じゃ。よし、おまえを弟子にしてやろう」

「話が早くて助かります！」

おれはうれしさのあまり地面にひれ伏し平身低頭、しゃちほこのように体を反りかえらせた。

「いや、助かったのはわしのほうじゃ。金持ちになってまた貧乏になるという一連のシークエンスは、カンタン社のVR——ヴァーチャル・リアリティ（仮想現実）を使っているのじゃがな、あれはあれで案外手間でな、粥《かゆ》も炊《た》けないほどの短いプログラムでも莫大《ばくだい》な予算がかかるのじゃよ」

「ていうか、やっぱり語尾が、じゃ、なんですね！」

「そうじゃ」

「でも、ヘルメット・オブ・アイアンておかしくないですか。それって〝鉄冠〟じゃなくて〝鉄兜《てつかぶと》〟ですよね。ま、どっちにしろ、あたまかたそうですね！」

調子に乗っていいすぎたかも。老人はしょんぼりとした顔つきになる。ハリウッドで杜子春を映画化するオファーがきたときに名前をアメリカンなかんじに変えさせられたんだけど、いつのまにか立ち消えになったんだよね、とにかく行くの行かないのという話になって、行きます行きますと返事してマウント・ガビに連れていってもらうことになった。

ヘルメット・オブ・アイアンとおれは落ちていた竹杖《たけづえ》にまたがり、びゅーんと空を飛んだ。やはりほんものの仙人だと感心した。正直、竹杖でけつが痛かったが、そこはがまんだ。

ほどなくしてガビに到着した。本にあったとおり、人跡の絶えた絶壁だった。

「じゃ、マウント・コンロンのウェスタン・キング・マザーさん（きっと西王母《せいおうぼ》のことだろう）に仙人許可証を発行してもらってくるから待っておるがよい。無論わかっているとはおもうが、なにがあっても決して声を出すのではないぞ。それくらいでないと仙人にはなれんからな」

「了解。命をなくしても黙ってみせますよ！」

と威勢よく親指を立て、あ、しまった、これって返事をするのもだめっていうパターンかなとあせって、アイアンさんの顔をうかがった。だがこれといった変化は見られない。セーフだったらしい。あぶないところだ。もっと気をつけねば。

アイアンさんは、わしだってほんとうはけつが痛いのじゃといいながら竹杖に乗って飛び去っていった。

案の定、すぐに虎《とら》とか蛇とか雷とかがあらわれたけど、どうということはない。これだってカンタン社のVRなのだ。魔物なんて簡単に出せてしまう技術に感嘆し、なかなか真に迫っていて肝胆がぞっとしたけど、しょせんはどれも邯鄲《かんたん》の夢。怖くもなんともありはしない。おれは眉毛《まゆげ》と鼻毛もうごかさずにやりすごした。それでとうとう金の鎧《よろい》でおしゃれした神将というそこそこ手強《てごわ》そうなやつがあらわれて、

「おれがこんなにあれこれいってるのになにもいってくれないなんてつらい」

といった意味のことをいって、めそめそ泣きながら、おれを三叉《みつまた》の戟《ほこ》で突き殺した。

やったね。死んだおれは氷のような風に吹かれて漂い地獄行きってわけだ。そろそろ山場にさしかかってきたぞ。

「さあ、お目をさましなさい」

との声が響いてきた。出たな、閻魔《えんま》大王。とおもって目をあければ――あれ、お釈迦様じゃないか。想像していたのとまるでちがった柔和な顔がのぞきこんでいたのでおれはあっけにとられた。

あたりを見回してみれば、長閑でうつくしい蓮池《はすいけ》のほとり。翡翠《ひすい》のような色をした蓮の葉に玉のように白い蓮の花。きれいなお召し物に身を包んだ老若男女《ろうにゃくなんにょ》がほほえみながらのんびりあちらこちらにたたずんでいる。ほどよくきこえる歌声はさしずめ迦《か》陵頻伽《りょうびんが》だろう。とするとおれは地獄ではなく極楽へきてしまったのか？　なな、なんでえええ——とおもったが、考えてみればおれは現世でとってもよい子なおりこうさんだった。そんなおれが死んだからといって地獄へ行くわけがないのだ。なんてこった。とんだ計算ちがい。ちょっと予定が狂ってきたぞ。

おれはお釈迦様の顔を見てうっかり声をもらしそうになった。額に借金取りの入れ墨がしてあったのだ。極楽にまで金の取り立てが来たのかと勘違いし、少しく驚いた。まったくどういう趣味をしているのやら。

「あのような崖っぷちでなにをしていたのです？」

お釈迦様が親身で心配そうなまなざしでたずねるので、おもわずふつうにこたえそうになった。だがこれこそが罠《わな》。ここでしゃべったら最後。すべてが水の泡だ。その手にはのるものか。とおもったけど、でもこのまま極楽に住まわせてもらえるというのならそれはそれでいいんじゃないかともおもった。とおもったものの、だけどこれってやっぱりカンタン社のＶＲなんじゃないのか。そしたらつまり偽《にせ》の極楽ってことだよね。それじゃ意味ないよね。とおもったりもしたのだが、でもだけどもしそうじゃなくて、ほんとうの極楽だったらどうだろう。あるいはたとえVRであっても、ずっとこのままこの世界で暮らしていくのだとしたら、それがVRかどうかなんて、実際関係ないんじゃないかともおもった。だって永遠にこの世界のなかで暮らして死んでいくのなら、この世界こそが現実世界と同じように機能するわけなのだから。そのなかでいくらこの世界はまやかしだと叫んでみてもやはり意味がない。と考えてだんだんわけがわからなくなってきた。

「おい。せがれじゃねーか？」

との声にふりかえれば、おれの両親がそこにいた。おれはおもわず声をあげそうになった。きらびやかで品のある着物姿でカクテル片手に蓮池のほとりを逍遥《しょうよう》していたらしい。

「いやあ、ひさしぶりだなあ。いまいくら持ってる？」

おれの父親がなれなれしげに肩に腕を回してきた。母親がにやりとカクテルをすする。

「正直にいいなさいよ。なにしろここは極楽。嘘《うそ》つき者はいられない場所なんだからね」

なんでこいつらがここにいるのだ。おかしいじゃないか。借金まみれで豪遊して金の仏像を盗んだ二人だぞ。まったく納得がいかない。おれは黙って空の財布を二人に渡し、どうしたものかと蓮池に視線を落とした。

するとと水面がごぼごぼとわきたち、

「クモオー！」

という胴間声とともに池から黒くうごめく巨大な生命体が姿をあらわした。ぎらついた目と目と目と目。器用な角度で折れ曲がったメカニカルな足と足と足と足。象ほどもある大きな大きな大蜘蛛《おおぐも》だ。極楽の地面がぐらりとゆれた。つづいて閻魔大王の声が蓮池の底から鳴り響いてくる。

「その二人はたしかに人を殺さなかったり、家に火をつけたりしなかった善人だ。だがたった一度だけ蜘蛛を殺したことがある。蜘蛛だって小さいながらに命あるもの。そんな命を奪った二人に復讐《ふくしゅう》をするのだ！」

「おー、逆カンダタ！」

とおれの両親は叫ぶまもなく蜘蛛の尻《しり》から放たれた図太い糸に足を搦《から》めとられた。カクテルグラスが割れ、水中に引きずりこまれる父と母。

「きゃ、助けて」

「なんとかしろ、この莫迦息子《ばか》」

周章狼狽《しゅうしょうろうばい》する両親の姿に、あ、もしかしてここが声をあげるタイミングなのかなとおれはおもった。でも、いまひとつ感動的な要素が希薄だ。なんか腑《ふ》に落ちない気持ちのほうが強くて、どうしたものかと考えあぐねていたら、

「えい」

父親がおれの足をつかんだ。おい、なにをするんだふざけるなといいたかったがあいにく声を出せない。いっしょに引きずりこまれ、蓮池に首までつかって溺《おぼ》れそうになる。おれは近くを通りかかった極楽の住人に手をのばし、助けを請《こ》うた。助けてくれとは口に出していえないが、捨てられた子犬みたいに潤《うる》んだ目とこの状況で助けてもらいたいことはだれが見たってあきらかだ。だがゆったりとした白装束の極楽善人男は、あ、いけないとばかりにその腐ったカレーパンみたいな顔をそむけ、調子外れな口笛を吹いた。まるでなにも見なかったかのように。こいつはだめだとおもい、おれはそのとなりの善人女に子犬目線を送る。女もまた視線をそらし、ぴーひょろりと口笛を吹く。そのとなり、そのまたとなりも同様だ。だれもかれもが見て見ぬふり。ひょろひょろとした口笛を吹き鳴らしながら足早に蓮池から遠ざかっていくではないか。やっかいごとにはかかわらない主義らしい。気がつけば極楽は極楽男女たちの口

笛オーケストラが耳を聾《ろう》せんばかりのうなり声をあげていた。ひとりぐらい手をさしのべてくれるやつはいないのかとおもった。だがだれも助けてはくれない。ここが極楽だなんて信じられなかった。偽善者たちで埋めつくされた極楽なんて地獄よりもひどいじゃないか――。

おれの目から涙がこぼれた。

その途端、極楽の雲が烈風に飛ばされたようにかき消え、地面が底抜けになった。善人たちは足場をうしない、いっせいに地獄へまっさかさま。善人たちの雨が降る。

「まーた仕事が増えたぞう……」

閻魔大王の咆哮《ほうこう》のようなため息がきこえてきた。それから蓮根《れんこん》をむしゃむしゃと噛《か》み砕く音。雲をかき消したのが閻魔大王のしわざだったのか、お釈迦様のしわざだったのか、おれにはわからない。もっとわからないのが、おれがいったいなぜ地獄へ落ちるのかということだ。おれの両親が落ちるのは納得だ。それにおれを見殺しにした善人たちだってしかるべくして落ちたという感がある。だがおれはなにをした？　そんなことをかんがえながらおれは落下しつづけていた。

永遠ともおもえる時間落下し、夢ならはやくさめてくれとため息をもらしていたら、目のまえに針の山がせまり、次の瞬間にはあたまに太い針が貫通していた。死ぬほど痛かった。だけど死なないのだ。なぜといえばもう死んでいるから。ただただひたすら痛い。それからすぐに地獄の責め苦フルコースだ。血の池で溺れたり、焔《ほのお》の谷で焼かれたり、氷の海で震えたり。熊鷹《くまたか》に目をつつかれて、毒蛇に脳味噌《のうみそ》を吸われたときにはほんとに死ぬかとおもった。でも死なないのだ。

まあいい。本来こうなる予定だったのだから。一抹の不安は、おれの両親だ。あいつらはいったいどこへいった。あんな身勝手な調子で、どうしたらアイアンさんを感動させることができるだろうか。是が非でも人間らしい人間ドラマで感動させなければ、タイ山の素敵なお家《うち》がもらえない。それが気がかりでしかたなかった。

鬼たちに鉄の鞭《むち》で未練未釈なくうちのめされながら二人の姿を探すと、ちょっと向こうのチクショー・ストリートにかれらの姿を発見した。二人は馬になっていた。が、顔だけは人間のままなので、すぐに両親とわかった。そのユニークな姿形におもわずふきだしそうになったががまんだ。さぞかし大変な目にあっていることだろう——とおもったがようすがおかしい。

馬たちは強靭《きょうじん》なバネのように跳躍し、縦横無尽に地獄を馳《は》せ回っていた。鬼たちは額に汗を流しながら、それをいそいそ追いかける。人面の馬は満面の笑み。のみならず陽気に歌ってダンサブル。

地獄に落ちてかえって水を得た魚のようだった。

それだけではない。息を切らしてようやく追いついた鬼たちを、二人はひとりのこらず返り討ちにした。後ろ足で蹴《け》り飛ばす、無闇矢鱈《むやみやたら》にふみつける、蹄《ひづめ》の角で目潰《めつぶ》しをする、頭突きを食らわし喉笛《のどぶえ》を嚙みちぎる——などといった狼藉《ろうぜき》をはたらき、まるで鬼のような所業だった。

「勘弁、勘弁してください！」

鬼たちは苦しそうに身をもだえて土下座した。おれの両親は高笑いしながら、そのあたまを蹄でぎりぎりとふみにじる。肉が裂け、骨も砕け、血の涙を浮かべた鬼に父面の馬は、

「じゃあ今日のところはこれくらいにしといてやるよ。また明日な！」そういいすて、鬼が安堵《あんど》のため息をもらしたところで「と見せかけて、やる！」と口走り、とうとうその鬼にとどめを刺した。

なんてこった。おれはあまりのことに声が出なかった。絶句した。死なないはずの鬼が死んでしまった。

そのようすを心配そうな顔で見ていた若い子鬼が転《まろ》ぶようにそばへ走りよると、両手に死んだ鬼の骸《むくろ》を抱いて、

「お母さん」

とはらはらと涙を流した。

おれは再度絶句した。人間よりも人間らしかった。おい、これじゃあの子鬼が山奥の素敵な一軒家を手に入れてしまうじゃないか！　なんだかわけがわからなくなってきたぞ……。

「おそれいった。ここまできて一声もあげなかった人間は初めてじゃ。そなたこそ仙人のなかの仙人、キング・オブ・センニンじゃ。わしの負けじゃ。そなたにヘルメット・オブ・ファイアという名を授けよう。そう、万物は流転《るてん》するのじゃ」

気がつけばアイアンさんがおれの後ろに立ち、厳《おごそ》かな調子でそうつぶやいていた。

あたりは春の日の夕暮れ。ラクヨーの西の門でおれはぼんやりたたずんでいた。黄砂の空に白い三日月。タクシーで乗りつけたときとなにも変わってなかった。おれは呆《ぼう》然《ぜん》とした声で返事をした。

「いえ、あなたの負けってことはないとおもいますけどね……」

こういうのって勝ち負けとか関係ない気がするし、そのルールもさっぱりわからない。あ、ていうか、ここまでふくめてしゃべってはいけなかったのであって、わしの負けじゃといって油断させるという作戦なのでは――などと穿《うが》った見かたをしてみた

もの の、もうどうでもいいような気がした。なんだかすっかりいやになっていた。

「というか、なんですかヘルメット・オブ・ファイアって。すごくかっこ悪いです。あたまがつねに、かーっとして怒っているみたいじゃないですか」

アイアンさんはしばらく考えるようにして、それからさも愉快そうな笑みを浮かべて口をひらいた。

「ならばヘルメット・オブ・アイアン2ではどうじゃ？」

ハリウッド映画みたいだ。しかも続篇。いかにも駄作っぽい響き。映画化が立ち消えになったのも無理はないとおもった。

「あとはまかせたのじゃ」

ヘルメット・オブ・アイアン1は竹杖を道ばたに捨て、ラクヨーの賑《にぎ》わう歓楽街のなかへと歩き去っていった。

2

こうしておれは桃源郷を手に入れる機会をのがした。のみならずヘルメット・オブ・アイアン2というまぬけな名前の仙人になってしまった。マウント・ガビはいかにもさびしかった。われわれ仙人は山深い洞窟《どうくつ》がその住居。風光明媚な一軒家などという贅沢はできない。何日も人に会わず暗い洞窟ですごしていると、孤独な原始人にでもなったような気分がした。仙人に義務づけられたぼろ服では、山麓《さんろく》のコンビニエンスストアへも行きづらくて不便だった。

とはいえある意味自由気まま。借金取りもここまで追ってくる心配はない。年がら年中つきまとってくる取り立てから解放され、ようやく自由を手に入れたという実感があった。

が、しかし――。

ガビ暮らしはけっこうハード。虎や蛇に悩まされた。あれはVRのなかだけではなかったのだ。いたるところに猛獣がいて、かたときも油断できなかった。うっかりすればだんだらもようの虎にあたまを噛みつかれたり、夜半息苦しくて目が覚めると、だんだらの蛇にのどを絞めつけられていたりなどした。おれは日夜おびえながら暮らした。

ときには神将がやってくることもあった。かれもまた現実にガビ山を住まいとしていた。神将はおれの洞窟を訪れるたびに、金の鎧ばかりでなく、プラチナの鎧やレアメタルの鎧などの着こなしを自慢し、

「どう、おれっておしゃれじゃない。おれってクールだよね？」

などとポーズをとり、こちらが感に堪えないようすで褒めちぎらないと決して帰ろうとしなかった。じつにめんどくさかった。

人間たちも煩《わずら》わしかった。どこからききつけたのか田舎者たちがアイアン2さんアイアン2さんといってまとわりつき、農作物のしなびたキュウリの見返りになにか具体的な金品をせがむのだ。また、仙人志願のほうけた顔をした男が松にのぼって両手を離すから見ていてくださいといってきたり、都会に辟易《へきえき》した田舎生まれの都会人が山峡暮らしの参考にしたいので是非とも講演をしていただきたいなどと依頼してきたりして、じつにめんどくさかった。

そのうえどこにひそんでいたのか、近所の洞窟に棲む古参の仙人たちが縄張りを主張して、なにかとクレームをつけてくる。アイアンさんの名前をもらうなんてずるいよな、おかげでこっちは商売あがったりだ、この際だから隣人のよしみでヘルメット・オブ・アイアン3と名乗ってもいいかい？　わしは4にするよ、ならわしは13、それならわしは666、わしは20Xがいいな、よし、みんなで聖林《ハリウッド》に売り込みひともうけしよう、いやわしとしては紐育《ニューヨーク》のブロードウェイで歌って踊れるミュージカルにするのがおすすめじゃ、いやいや歌と踊りならボリウッドじゃろう、などとおれの洞窟のまえで大争論。しまいには、ていうかアイアン2って名前負けしてない？　してるよね、その名前、返上すべきだよねなどといいがかり。おれの洞窟に珪藻土《けいそうど》でつくったダイナマイトを仕掛けて天井を崩落させたり、寝床に虎の糞《ふん》を投げ入れたりといったいやがらせが連日連夜つづいた。

そうしたなかでもいちばん手を焼かされたのが武人だ。

朝まだき、睡眠不足で心身ともに困憊《こんぱい》して夢と現実の境をうつらうつらとさまよっていると、遠くからおれを呼ぶ声がきこえてきた。

「ヘエエイ、センニーン……」

はじめはまどろみの底から吹いてくるほのかな風のように鼓膜をなでるだけだったのだが、近づいてくるにつれ、ただならぬ殺気がかんじられるようになった。

「ヘエエエエイ、センニーン！」

洞窟の入り口までせまると、その濁っていると同時に澄んでいるような大音声《だいおんじょう》で四辺の壁を小刻みにゆるがした。やっかいごとになりそうな気配だ。おれはあわててぼろをまとい、山の裏手へ逃げる算段をした。洞窟をぬければすぐに反対側に出られるが、外側からでは一山も二山も越えねばならない。いい時間稼ぎになる。

岩陰のあいだからナキウサギのようにちょこんと顔を出すと、早朝、裏ガビの岩山はしんと静まりかえり、物のうごく気配はない。眼下に急勾配《こうばい》に連なるごつごつとした岩。おれはほっとため息をつき、いそいそと手近な岩のうえに這《は》い出た。その途端、びゅーんというい きおいで岩山の下から黒い影が飛び出してきて、おれの前に立ちふさがった。

「ヘエエエエエエイ！」

なんてすばしこいやつだ。通常の人間ならここまで回ってくるのに半日、いや、切り立った絶壁があるから一日がかりでも難しいはず。それをあっというまの速度でやってくるとはただものではない。黒く鋭いあごひげ＆泥鰌《どじょう》ひげ。中華な風味の黒い鎧を着こみ、手にたずさえた薙刀《なぎなた》型の大刀を高速で回転させる。おれは裏口に立てかけておいた竹杖をつかみ、覚悟を決めて男と対峙《たいじ》した。

「何者だ」

「武人ダー！　仙人ヲタオシニキタノダー！」

目の前にいるのだからそんなに声を張らないでくれ。耳の穴が裂けてしまいそうだ。

「斬《き》ッテ叩《たた》イテ突キ殺スー！」

いったいどこからやってきたのか。こんなやつに命を狙われる覚えはない。

「なぜそんなことをするんだ？」

「武人ダカラダー！」

「いや、意味がわからないんだが……」

「ヘエエイ、センニーン！　オマエハダレダー！」

「きみのいうとおり仙人だ」

「ナニモノナノダー！」

「ああ名前か。いちおうヘルメット・オブ・アイアン2と呼ばれているぞ」

「オレハダレダー！」

「え……？」

「オレハダレナンダー？」

武人は顔をしかめ泣きそうに目をうるませる。おれはなんだかかわいそうになり、

「武人、じゃないのかい？」

というと武人は眉間《みけん》にしわを寄せた。

「ブジンカー、ソレトモ、タケヒトカー？」

「さっきから自分でブジンていってるじゃないか！」

すぐに武人は険しいおももちになり、

「オレガ死ヌカ、オマエガ死ヌカダー！」

と銀色にきらめく大刀をふりまわした。

「ま、待て。武人くん。おちついて話をしようではないか」

「オ、オ、オレハ、武人ナノカー？」

武人はバネ仕掛けの人形みたいに首をくねくねさせた。まったくわけがわからない。

おれは率直にたずねた。

「きみはいったいなにを考えているんだい？」

だがその質問のどこがいけなかったのだろう。武人は憤怒《ふんぬ》に堪えない形相になり、

「ヘエエイ、ノゾムトコロダー！」

と叫んで躍りかかってきた。武人は体をくるくる回転させながら岩から岩へと跳ね回り、おれは目を回しそうになった。ふと気をぬいた次の瞬間には目の前に。刃先が岩肌を打ち、閃光《せんこう》が散る。身を翻《ひるがえ》した弾みでおれは足をふみはずし、急勾配をまっさかさま。このままでは岩にあたまを打ちつけて死ぬ――。おれはとっさに体をひねり竹杖にまたがった。すかさず呪文《じゅもん》をとなえ、朝日のさす大空へと舞いあがる。

「ヘエエエイ、センニーン！」

という声が下から追いかけてくるので、おれはハイスピードで急上昇するほかなかった。竹杖が切り込むようにおれのけつを苛《さいな》んだがしかたなかった――。

武人はその後も神出鬼没にあらわれては、ヘエエエイ、ヘエエエイと叫んでしつこく勝負を挑んできた。そのたびにおれは竹杖で逃げた。けつの痛みも命には代えられなかった。近所の仙人からきいた話によると、なんでも元仙人が過度のストレスにさらされた結果、あのような武人に変化してしまったらしいのだ。しかし何度あらわれても、その正体が判明することはなかった。

そんなある日、遠い岩陰の向こうを見覚えのある男が歩きすぎるのを目撃した。借金取りだ。額に入れ墨をしたあの男。借金取りのネットワークを駆使して、とうとうおれの居場所を嗅《か》ぎつけたのだろう。またしても逃亡生活のはじまりだ。もうなにもかもが煩わしくなっていた。こんな生活はたくさんだ。おれは仙人許可証を破りすて、徒歩でひっそりマウント・ガビを下山した。

3

山麓のコンビニエンスストア沿いでタクシーを拾った。仙人許可証がないのでは空を飛ぶ力もないのだ。おれは後部座席に乗りこみ行き先を告げた。

「マウント・タイまで頼む」

杜子春に会う必要があった。本来ならヘルメット・オブ・アイアンに事の次第をうちあけ、身の処し方を相談すべきだとおもったのだが、あいにくラクヨーで別れて以来、一度もあの老人の姿を目にしていない。ガビの仙人仲間にたずねてみても、だれひとりアイアンさんの行方を知るものはなかった。ならば杜子春なら、その居場所にこころあたりがあるのではないかと考えたのだ。

車が発進していない。きこえなかったのかと顔をあげると、ハンドルを握ったモヒカンのいかつい男がおれをにらみ返していた。

「えっと、タイ山までお願いします」

モヒカンの運転手はじっと視線をおれに固定させたままこたえた。

「おれにいってるのか？」

「ええ、はい……」

運転手はやはり無表情でおれを見つめる。

「すみませんでした。べつのタクシーにします」

腰を浮かせると車が急発進し、おれはシートに尻餅《しりもち》をついた。ガビの岩山がゆっくりと背後に遠ざかっていく。いつもなら気にならない無言が車内に重苦しく鎮座していた。ダッシュボードに金色の仏像が飾られているのが奇妙だ。運転手は窓をあけて煙草《たばこ》を吸いはじめる。ミラーごしに何度もこちらの顔をのぞきこんでいた。ふいにかれが口をひらいた。

「つけはいつ払うんだ？」

そういわれ、にわかに記憶がよみがえる。服や髪型こそすっかり変わっていたが、この男は、あの日おれをラクヨーまで乗せていってくれた運転手だ。あのヴィクトルとかいうロシア人。あのときおれはくびになった会社の名刺を渡して料金をふみたおしたのだ。さぞかし怒っているにちがいない。おれは質問にはこたえず、話をそらそうとした。

「なかなかいい仏像ですね？」

モヒカンは紫色の煙をはきだしながらダッシュボードに目を向ける。

「これか。こいつは昔おれが轢《ひ》き殺した二人連れが抱えてたんだ。いきなり飛び出してきやがってな。無事故無違反だったのにあたまにきたよ。その迷惑料代わりにこっそりいただいたのさ」

それはおれの両親じゃないのか。金の仏像を抱えて道路へ飛び出す人間など滅多にいるものではない。

「で、つけはいつ払う？」

モヒカンはミラーごしにおれの顔を見つめ、乱暴に煙草をもみ消した。そのいきおいで助手席のグローブボックスがひらく。がらくたに紛れて大きな拳銃《けんじゅう》が顔をのぞかせた。おれは一文無しだった。またつけでごまかすつもりでタクシーを停めたのだ。

「いま、これしかないんです」

おれはふところにあったキュウリをさしだした。手が震えていた。実際これしかないのだった。モヒカンはしなびたキュウリを一瞥《いちべつ》し、運転をつづけた。

「なにを考えてるんだ？」

運転手がいった。なにを考えているのか、おれは必死で考えた。いったいなにを考えているのだろう。何度も何度も考えた。そのはてに出てきたこたえはこれだった。

「わかりません――」

するとモヒカンの運転手は、

「わかってきたようだな」

と心底愉快そうな笑顔になった。そしておれの手からキュウリをもぎ取ると、ハンドル片手にくねくね音をたててかじりはじめた。なにがわかってきたというのか、おれにはさっぱりわからなかった。それからあともおれはひとり黙って考えつづけた。

「ついたぜ、旦那」

運転手の声でおれは目が覚めた。ついうとうとしていたらしい。タイ山の麓《ふもと》。中天門のロープウェイ乗り場だ。おれは運転手にもう一本しなびたキュウリを渡し、ロープウェイに乗りこんだ。

山には霞がかかっていた。どちらを向いても白く見通しがきかなかった。がたりとした揺れとともに山頂に到着。通りすがりの旅行客に教えてもらい、黄色い岩でできた小道をたどると、かたむいたあばら屋にたどりついた。だが桃の花など、どこにも咲いていない。草木一本生えない荒涼とした絶壁だ。風光明媚とはほど遠い寒々とした光景を訝《いぶか》しみつつも、そっと戸を敲《たた》いた。強く敲くと家ごとたおれてしまいそうだった。

戸がひらき、印度《インド》人ぽい顔をした派手な背広の男が顔を出した。

「ええと、杜子春さんですか？」

とまどいがちにたずねると、

「いーえ、トシアキです」

と男は莞爾《かんじ》とした笑顔を見せた。想像していたのとイメージがちがうとおもったら別人か。あらためて表札をのぞくと〝杜子秋（三男）〟とあった。べつに表札に〝（三男）〟はいらないよなとおもった。もしかしたら杜子冬とか杜子夏なんてのもいるのだろうか。「四人そろって杜四季でーす」などとわけのわからぬことをいいだすのではないかとはらはらしていたら、ふいに悪い予感に襲われた。もしや杜子春は死んだのではないだろうか。だからこうして杜四季ブラザーズの三番目が家をゆずりうけて暮らしているのではないか。なにしろあの本の話がいつの時代かはっきりしない。不老不死のヘルメット・オブ・アイアンは存命でも、仙人になるのをやめた杜子春はとっくに他界しているのではないか。ならばこれほど荒廃していてもおかしくはない。ん、とすると杜子春に会うため、またおれは神将の戟に刺されて極楽へ行かなければいけないのか。いや、極楽にいた善人たちはみな地獄へ落ちたのだから一足飛びに地獄を探すべきか？　だけどあれはそもそもカンタン社のVRじゃなかったかな？　次第におれはあたまが変調子になった。なにがなんだかわからなくなりそうだった。だが杜子春が死んだとは、まだ決まっていない。気を取り直して背広の印度人にたずねた。

「本を読んでここへ来たんですけど、杜子春さんにお目にかかれないでしょうか？」

するとと杜子秋は鼻を鳴らし、

「あー、あいつなら南の麓だよ。山頂とちがうよ。よく本読めよ、ばーか」

と声をあげてわらった。そういわれてみればそうだったかも。おれは教えてもらった礼を述べて、黄色い道を引き返した。

「あいつ犬飼ってるから。それが目印だよ」

杜子秋は小屋の前で楽しげに手をふりおれを見送った。

ロープウェイで山を降り、裾野《すその》を一周した。方角がわからなくなり、どちらが南か判然としなかったが問題ない。遠くに見える一軒家。桃の花が一面に咲きほこっている。杜子春の家にちがいなかった。おれは自然と急ぎ足になった。

ていねいに耕された畑にまだらのむく犬がうろうろしているのが見えた。白い犬が土で黒く汚れているのか、黒い犬が灰で白く汚れているのか。その犬のあとをついてくる壮年の男。男はしきりに待てとか伏せとかお座りなどというのだが、犬はいうことをきかない。何度も熱心に指示を出すものの、それでも犬は平気な顔で尻尾《しっぽ》をゆらゆらゆらすばかり。しまいに男は身をもって教えようというのか、命令しながら自らやってみせるのだった。お座りといってその場にしゃがみ、伏せといっては地べたに腹ばいに。お手、おかわりといいながら左右の手をかわるがわるさしだし、ごろーんといってあおむけになる。自分で投げたフリスビーを、走ってキャッチする技には驚いた。こうして眺めていると、男が指示を出しているのか、犬が指示を出しているのかわからなくなってくる。犬の命令に人間が従っているようにも見えた。

おれの視線に気づき、男は土を払って歩み寄ってきた。

「さて、犬と人間。どちらが主人だろうか――」

あいさつぬきで男はいった。こちらのあたまのなかを読みとったかのような問いに少しく狼狽した。そしてすぐにおもった。この男が杜子春だ。これといって印度っぽい顔立ちもしておらず、白髪も多い。杜子秋の兄弟には見えなかった。だが兄弟だからといって、かならずしも似ているとはかぎらないだろう。

「杜子春さんですね？」

とおれがきくと、かれは頓狂《とんきょう》な顔をした。

「いや、としはるだが？」

「え……えええっ、杜子春じゃなくてえええええええ？」

トシアキにとしはる。いったい杜子春はどこにいるのだ。杜子春がみつからないのではヘルメット・オブ・アイアンの行方もわからない。途方に暮れていると、男は表情を引きしめていった。

「その名前は捨てたんだ」

「捨てた？」

まあかけたまえと手頃な岩をすすめ、としはるは水筒のお茶を飲ませてくれた。のどが渇いていたのでありがたかった。

「もうずいぶん昔のことだ。ハリウッドからお呼びがかかってね。『杜子春』を映画化したいとオファーがあったんだ。ちょうどタイ山暮らしにあきあきしていたところだったから、胸がわくわくしたよ。まあいろいろ事情があって映画はお蔵入りになったんだけどね。だがさいわいテレビシリーズが爆発的にヒットした。『チャイルド・オブ・スプリング・フォレスト』ってドラマ、きみも観《み》たことあるだろ――」

ない。が、おれはとりあえず無言でうなずいた。

「印度のボリウッドでもリメイクされたくらいだからな。『チャイルド・オブ・オータム・フォレスト』ってやつ。そっちは正真正銘の駄作だ。主役のトシアキはまるでわたしと似てないし、セリフもだらだらまのびしていた。もともと『スプリング』はリアリティを極限まで追求したサイケデリックドラマだったんだが、『オータム』ではリアリティを徹底的に排除したドキュメンタリードラマに変えられていた。最悪なのは著作権を侵害してたってこと。やつら、超法規的なトリックを駆使して法の抜け穴を正門からどうどうとくぐりぬけたんだ。おまけにこっちの作品よりも売れた。オリジナルよりも森の木々がカラフルなのが好評を博したらしい。なにがあたるかわからんもんだな。おかげでリメイクとオリジナルの立場が逆転した。つまりユニークでおもしろい印度映画を、ハリウッドが買い取ったのだと世間ではおもわれるようになってしまったんだ。災難だったよ。のこったのはなけなしのロイヤリティ。そんなこんなでわたしはとしはると名乗ることにしたってわけさ」

わかったようなわからないような話だ。とおもったが、ぜんぜんわからない。どうして杜子春という名前を捨てたのか、なんの説明にもなってない。というか、おれはこんな話をききに来たのではない。

「すみませんが、アイアンさんがいまどこにいるかご存じないですか？」

にわかに杜子春の顔に苦々しい表情が浮かんだ。

「あのアイパッチ爺《じじい》か。まったくわからずやの石頭だったよ。映画のタイトルを『ヘルメット・オブ・アイアン、炎のマイ・ダーリン』にするといってきかなかった。おかげで映画は撮影中止。アイアンとは決裂しコンビ解消。あれ以来、袂《たもと》を分かつことになった」

どうも先が期待できそうにない話だ。

「そんなトラブルもあって栄光は長続きしなかった。夢のように短くはかなかった。連中はいつだってそうだ。わたしばかりじゃない。トシアキだって犠牲者のひとりなんだよ。ああいった業界では、われわれ俳優などは使い捨て。最高の高みまで持ちあげたとおもった次の瞬間には、どん底に叩き落とす。この気持ちはわからないだろうね――」

いや、わからなくもない。極楽から地獄への急降下なら経験済みだ。

「けっきょくはめられたんだ。だいたいタイ山みたいな人里離れた山奥で人間らしい暮らしなんかできるわけないだろ？　自暴自棄になったわたしは薬に溺れた。なかでもコンロン山の桃の木から抽出して作られたメキシカンAは最高だ。すこぶるハッピー。時間も空間もわからなくなる。幻想は現実に。現実は幻想に。互いに互いを侵食して、すべての境界線があいまいになるんだ。上昇も下降も同じこと。よいもなければわるいもない。きれいはきたない。きたないはきれい。悩みなんて宇宙の彼方《かなた》へ吹き飛んでしまうよ。ヘイ、きみもどうだいメキシカンA！」

杜子春はにやりと笑みを浮かべ、金色のカプセル型錠剤をさしだした。錠剤にはとげとげの破裂マークが描かれていて、見るからに怪しげ。おれは遠慮がちに首を左右にふった。

「ふっ、冗談だよ。こいつは素人《しろうと》には勧められない。きわめて剣呑《けんのん》、速効でやみつきになる。そうなったら薬の奪いあい。やるかやられるかだ。あ、かんちがいするなよ。殺すか殺されるかって意味じゃないぞ。薬をやるかやられるかって意味。え、意味わかんないって？　とにかくこいつはわたしのもの。全部が全部おれのもの。おまえになんかやるもんかーい。欲しけりゃ自分でなんとかするんだなーん？」

どういうわけだか杜子春の顔が渦巻き文様になっていた。口のなかに腐ったカレーパンのような味が広がるのをかんじた。おれは薬をやったのか、やられたのか？　つまりおれは薬を飲んだのか、それとも飲まされたのか。いや、それならいずれも同じことか。もしかすると水筒になにか混ぜられていたのかもしれない。

ふと妙なことに気づいた。目の前でべらべらしゃべっている白髪まじりの男が、杜子春なのか自分なのかわからなくなっていたのだ。そもそもおれの顔がこんなに渦をまいているはずはないのだが、それでもそれが自分の顔のようにかんじられてならなかった。あたかも複雑に彎曲《わんきょく》した鏡をのぞきこんでいるような気分だった。

杜子春は夢でも見ているような朦朧《もうろう》とした口ぶりで話をつづけていた。蛙《かえる》の卵のような目が顔のまんなかでゆらゆらゆれている。いかにも薬物中毒の廃人のようなありさまだ。だがこの歪《ゆが》んだ顔の幻覚を見ているのはおれなのだ。ならば廃人なのは、むしろおれのほうか？　これ以上ここにいてはいけない気がした。

「そろそろおいとましないと。ラクヨーに用事をおもいだしたので」

おれはもつれた舌でいった。腰を浮かしたおれを杜子春は引き留める。

「そう慌《あわ》てるなって。ラクヨーならすぐそこさ。そいつはいつだって目の前にある。ヘイ、セット、照明スタンバイ。カモン、ラクヨー、ニシノモン！」

杜子春は指を鳴らした。途端にあたりが橙色《だいだい》に染まった。木造小屋が崩れるように折りたたまれてその姿を消す。コウモリが飛びはじめ、霞んだ空には爪《つめ》のような三日月が白く浮かんでいた。黄砂のなかから蜃気楼《しんきろう》のように立ちあらわれるトーの都ラクヨー。その西の門が油のような夕日の光を浴びている。どうもおかしい。ここはタイ山の南麓じゃなかったのか。

「こんなはずはないのだが……」

おれはしきりにまばたきし、夕空をあおいだ。

「忘れたのかい。おれたちみんな、いつでもどこでも好きな場所へ行けるんだ。距離はない。空間もない。時間というのもただの概念であって、現実的に存在しているわけじゃない。なにしろここは映画スタジオのなかだからな」

そうだ。この門は書き割りだ。のみならず空も月も、コウモリさえも作り物にちがいない。そうおもった。だがどれもみな本物以上に本物らしく見えてしかたがなかった。おれはとまどいがちにたずねた。

「つまり、タイ山の麓にスタジオがあるってことですか？」

「タイ山なんてないよ。ガビもない。ラクヨーだってありはしない。そんなものひとつもないんだ――」

杜子春の渦巻き顔が逆回転して憂《うれ》い顔になる。

「ないなんてことはないとおもいますけど？」

とおれがいうと、

「わかってないようだな。いいか。『杜子春』の話はおまえも知ってるだろ。最後にどうなったか覚えてるか？」

「もちろん。タイ山の麓の一軒家を手に入れてハッピーエンドですよ」

「ほんとにそうおもうか？」

「実際そうですよね」

杜子春はおれの顔にじっと視線を落とした。

「あの話、いったいどこからどこまでが夢なのだろうな？」

「え？」

「最後の最後まで仙人の見せた幻覚だったとしたらどうだ？　つまり地獄でうっかり声を出して目が覚めたんじゃない。あれで現実にもどって仙人をあきらめたとか、桃の花が咲く一軒家をもらったとかいうのも、ぜんぶ幻覚だとしたら――」

「では……、家はもらってないと?」

「もらってないさ。そんなもの、はじめからなかったんだからな。口からでまかせ。アイアンはそんな家、持っていやしなかったんだ。タイ山なんて、まともな人間が住む場所じゃないしな」

「なら、あれからどうしたんです? 映画化のオファーで渡米したとか?」

「それもない」

「でも、テレビシリーズになったんですよね?」

「ああ、なったさ。無論、夢のなかでな」

「さっきの話は嘘だったんですね」

「そうじゃない。夢のなかで実現したんだ。夢というか、幻覚だが。VRといってもかまわん。なんにせよ、その実態を知ることは不可能だしな。さっきもいったとおり、ここは映画スタジオだ。現在進行形でつづいているんだよ」

「撮影中ということですか?」

「夢の話さ。おれはいまだに目が覚めてないんだ。仙人が作り出した幻覚のなかにいるのさ。おれはまだラクヨーにいるんだよ——」

おれは脳味噌が頭蓋骨《ずがいこつ》のなかでくるくる回転しているような心地がした。毒蛇に脳髄を吸われているような音が耳の裏にきこえた。杜子春のいっているのがどういうことなのか、どうしても理解できなかった。

「ラクヨーもないっていいませんでした?」

「そこが問題なんだ。なにがあって、なにがないのか。そのどれもおれには決めることができない。そういう意味では夢も現実も似たようなもの。そのなかにいる限りは、その世界に従わなければいけないんだから」

「でもおかしいですね。この世界はあなたが見ている夢だっていうんでしょ。そしたらおれはなんなんです? あなたの夢の世界の住人てわけですか? そんなのへんですよ」

「へんなことなどないだろ」

「あ、わかってきました。これはあなたの夢じゃない。おれの夢です。おれはまだラクヨーの西の門にいて、アイアンさんに幻覚を見せられてるんです。カンタン社のVRでね。あなたはわたしのVR世界の登場人物ってわけですよ」

「冗談はよせ。オリジナルはどっちだ? おまえとおれ、どっちが先にラクヨーに来た? おれだよな。先に幻覚を見せられたのはおれのほうだ。あれがすべてのはじまりだったんだよ」

「いえ、べつに順番は関係ないですよ。幻覚なら過去の記憶だって捏造《ねつぞう》できますし」

「まさかおまえは自分こそがオリジナルだなんてぬかすつもりじゃないだろうな？」

杜子春は眼光鋭くおれをにらみつけた。目に殺気が宿っていた。だがかれの体はぐでんぐでん。薬漬けで支離滅裂な妄想に囚《とら》われているにちがいない。

それにしてもおれはいまどこにいるのだろう。見れば見るほどラクヨーだ。とても作り物とはおもえない。あるいはそれこそが幻覚である証拠だろうか。夢のなかでは夢は夢とはかんじられないものだ。とするとこれはおれの夢。おれはまだカンタン社のVRのなかなのか？　体はラクヨーにあって、このVRのラクヨーを見せられているということなのか。このVR世界から抜け出せば、この作り物のラクヨーと寸分たがわぬ、ほんもののラクヨーが目の前に姿を見せるのか。だが、それとこれとをどう見分ければいいんだ。どっちがほんものかなんてどうしてわかる？

まどろむ顔で杜子春はうわごとのようにいった。

「わかってる。わかってるさ。おれはとうとうこの世界の正体がわかってしまったんだ。すべて暴《あば》いた。なにもかもがまやかし。世界はぜんぶ贋物《にせもの》でできているんだ」そうしてまたメキシカンAを口に放りこむ。「おれだって人間らしい暮らしがしたかった。だがどうだ。この世界から逃れることなんてできやしないじゃないか。世界が贋物だとわかったからって、それがどうしたというんだ。どうしたって逃れることは不可能なのさ。この世界の法則に従うほか、おれたちには選択肢がないんだよ……」

杜子春はラクヨーの門に寄りかかり鼾《いびき》をかきはじめた。ずいぶん疲れていたようだ。もしこれがかれの夢のなかであり、そのかれが眠りはじめたらどうなるのだろう。かれはどこへいくのだろう。夢のなかでさらなる夢を見るのか。あるいは夢が覚めて現実へもどるのか。どちらが夢で、どちらが現実か。

いや、待て。これはおれが見ているVR世界だ。だがほんとうにそうだろうか。杜子春のいっていることがまちがっているという証拠はどこにある？　もしかれが正しいのなら――。永遠に終わることのない杜子春の夢の世界。すなわちヘルメット・オブ・アイアンの生み出した幻覚の世界。

確信が持てなかった。おれはかれの夢のなかにいるのか？　それなら、おれはだれなんだ？　この世界がだれかの夢ではないとどうしたらわかる――。いや、おれはこうしてものを考えている。考えるということをしている。考えずにはいられないのだ。だがそれがなにかの保証になるのか？　それが、おれがおれとしてなんらかの世界に存在し、この世界がおれの見ている現実か非現実の世界だという証拠に、ほんとうになるのだろうか？

解決策がないことはない。簡単なことだ。カンタン社のＶＲ世界から出ればいいのだ。だがどうやって出る？　出口はどこだ？　おれは目に見えない鉄のヘルメットでもかぶせられているのだろうか。両手をあげてそいつを外せば、夕暮れのラクヨーに舞いもどる。現実世界のラクヨーに。そしたら目の前で眠っている杜子春も消えていなくなるのか——。

さっきまで畑だったところをうろうろしていた犬が足もとに座り、おれをじっと見あげていた。この犬も現実には存在しないＶＲなのだろう。

「杜子春の言葉を真に受けてはいかんぞ」

突然犬がしゃべりだした。ききおぼえのある声だ。声の主をおもいださないうちに犬は姿を変えてアイパッチをした老人になった。

「アイアンさんじゃないですか！」

おれは驚きつつも、これもまた幻覚にすぎないのかもしれないと訝しんだ。

「然《しか》り。わんわんじゃ」

仙人なら動物に変化《へんげ》することなど容易なことじゃ。教えてなかったかなとヘルメット・オブ・アイアンは衣服についた土ぼこりをはらった。どうやら現実らしかった。

するとおれはあの最初に来た日のラクヨーにもどったのか。だが門に寄りかかる杜子春の姿は消えていない。

「世界なんて……」

などと前後不覚に寝言をつぶやいている。

「杜子春、目を覚ますのじゃ」

ヘルメット・オブ・アイアンはいった。それがなにを指していっているのか、おれにはわからなかった。いまここで眠りから覚めろというのか。あるいは麻薬による幻覚から目を覚ませというのか。さもなければ、この世界が夢かなにかだとおもっている虚妄のおもいこみから目を覚ませというのか——。

仙人は門の下にかがみこみ、眠っている杜子春の体をゆすった。

おれの体もぐらぐらゆれた。それから暗闇で足をふみはずし、奈落へ落ちていくような感覚に襲われた。はっと胸をつかれてまばたきすると、おれはラクヨーの門に寄りかかり、眠っていたのをゆりおこされたところだった。

ねぼけたあたまで顔をあげれば、ヘルメット・オブ・アイアン……ではなく派手な背広姿の印度人。この男はトシアキではなかったかな。かれが仙人だったのか？　というか、仙人がかれに化けていたのか？　ん、なんだかまたわからなくなってきたぞ。

「どーも。カスタマーサービスのラマチャンドランです」

印度人が会釈《えしやく》をした。

「申し訳ありませーん。じつはカンタン社の装置にトラブルが発生しまして、お客様はVR世界から自力で出られなくなってしまったのです。ですが、もーご安心ください。わたしが登場人物のひとりとなってこのVR世界に入りこみ、直接お客様を現実世界へ連れもどしにまいったというわけです。では煉獄《れんごく》スクエアにあるアクセスポイントまでご案内しましょう。どーぞこちらへ。もう時間がありませんので、近道のチクショー・ストリートを通りぬけまーす」

なるほど、そういうわけだったのか。ここから出られるのなら大助かりだ。こんな悪夢のような世界にはうんざりだった。おれはすなおにラマチャンドランについていった。が、チクショー・ストリートは不穏な空気に満ちていた。だしぬけに道のわきから飛び出してくる黒い影。

「母鬼の仇《かたき》!」

まだ背丈の伸びきらない小柄な鬼が鉄の鞭をふりまわしてラマチャンドランを鞭打《べんだ》した。うー、と小さな声をもらし、ラマチャンドランは道ばたにたおれた。

「あ、ひとちがいでした。ごめんなさい」

あたまをかく鬼の子ども。ラマチャンドランは死んでいた。なんということだ。これでは帰れないじゃないか！　せっかくこの世界から抜け出せるとおもったのに！

「母鬼の仇。えいっ！」

鉄の鞭は想像どおり滅法界に痛かった。おれは地面にうつぶせになった。VRだろうがなんだろうが、この世界で生きているかぎり痛いものはリアルに痛い。それがこの世界のルールなのだから。ここから脱出しないうちは、それに従うほかない。こればかりは杜子春のいっていたことが正しいと実感した。

「待ってくれ、子鬼くん。きみの母さんを殺したのはおれじゃない。あれはおれの父親であって、おれの両親は──」

そこまでいって、やはり殺されてもしかたがないとおもった。親の仇がもはやこの世にいないなら、怒りの矛先は自然と仇の子に向かう。そうしてどちらかの一族が滅亡するまで終わることのない報復合戦がくりかえされるのだ……。

あおむけになり覚悟を決めていたら、暗さを増した空に星がまぶしく光を放つのが目に映った。きらめきはあたかも超新星爆発のように大きくなっていく。それが爆発ではなく、接近しているのだと気づいたときには、星ははっきりとした形を天空にあらわしていた。それは星ではない。金の仏像だ。まばゆく燃える仏像がクモの糸にぶらさがり、チクショー・ストリートめがけて滑空してきたのだ。

子鬼は背後に迫る仏像に気づかなかった。仏像に背中を蹴りとばされ、なにがおきたかわからぬ顔で血の池に放りこまれた。

金の仏像は片手でクモの糸につかまりながら親指を立て、おれに向かってにっこりと笑った。仏像の顔はおれの母親の顔だった。そのまま仏像は振り子のように夜空へ去っていく。おれはおもわず素っ頓狂な声をもらした。

「お、お母さん?」……………

その声に気づいてみるとラクヨーの西の門。なんだよ、またここにもどったのかよとおもった。いや、それとも現実のラクヨーにもどったのか?

門の向こうの歓楽街から、アイパッチをした老人が馬に乗ってやってくるのが見えた。老人は手綱をあやつり、おれの前で馬を停めた。

「アイアンさんじゃないですか!」

だが、本物だろうか。

「そうでもあるが、そうでもない。わしはヘルメット・オブ・アイアン5670ミリオンじゃ。こうしているあいだにも仙人はぞくぞくと増えつづけている。それがだれなのか、どこからやってくるのか、どこへ消えていくのか、それはだれにもわからない」

キュウリと蓮根をかじりながら老人はいった。

やはり変調子だ。見れば馬はモヒカンのタクシー運転手の顔をしていた。タクシーに乗ったときは気づかなかったが、その額にはお釈迦様の入れ墨があった。入れ墨はきわめて精巧で、入れ墨の釈迦の額には借金取りの入れ墨が、そしてその借金取りの額には釈迦の入れ墨が、その釈迦の額には借金取りが――といった具合にどこまでいっても釈迦と借金取りが交互に刻まれていた。おまけに入れ墨の釈迦は馬に乗っており、その馬の頭部はタクシー運転手の顔になっているのだ。その入れ墨の運転手の額にも馬に乗った釈迦の入れ墨が彫られてあることはいうを待たない。当然その釈迦の額には借金取り、釈迦を乗せた馬の顔は運転手、運転手の額に乗馬した釈迦――。入れ墨はどこまでも無限の分岐をくりかえし、異次元的なフラクタル模様を描いていた。おれは目の前にいるのが、お釈迦様なのか、借金取りなのか、タクシー運転手なのか、ただの馬なのか、わからなくなりそうだった。

「あなたはいったいだれなんです？」

朦朧としたあたまでおれはたずねた。

「おしえてやってもいいが、そのまえにこっちの質問にこたえてくれ。だれだと問うおまえはだれなのだ。名前はなんだ。どこからきた。なにをしている。あるいはなにをしていた。これからなにをする。ここはどこだとおもっている？」

その問いのひとつひとつを検討してみたが、おれは自分がなにひとつわかっていないことに気づいた。

「わかりません」

おれがそうこたえると、

「おまえはなにを考えているのだ？」

と返事がかえってきた。おれは少しく考え、

「わかりません」

とくりかえした。すると、

「おれにいってるのか？」

こたえははっきりしていた。

「わかりません」

「わかってきたようだな」

人面の馬はにやりと歯をむきだしにした。仙人はどこへ行ったのだろう。おれがなにもこたえないでいると、馬はいななくような声でいった。

「おまえはだれでもないし、ここはどこでもない。おまえはいないし、おまえはおま

えですらない。おまえはどこへも行けないし、どこからも脱出できない。なぜなら脱出する世界も、脱出しようとしているおまえも、どこにも存在していないのだからな。存在するも、存在しないも、あるも、ないも、ないんだよ」

おれはわけのわからぬストレスでなにかが限界に達し、あたまがかーっと燃えあがった。そして自分でもおもいもよらなかったことに、

「ヘエエエエイ、センニーン！」

と声をあげ、くるくる回転しながら宙にびゅーんと飛んでいってしまった。

先導獣の話

古井由吉

古井由吉（ふるい・よしきち）

一九三七年、東京府生まれ。二〇二〇年没。東京大学独文科修士課程修了。ドイツ文学の翻訳を手がけたのち、七一年「杳子」で芥川賞、八〇年『棲』で日本文学大賞、八三年『槿』で谷崎潤一郎賞、八七年「中山坂」で川端康成文学賞、九〇年『仮往生伝試文』で読売文学賞、九七年『白髪の唄』で毎日芸術賞を受賞。『山躁賦』『楽天記』『野川』『辻』『木犀の日』『この道』他著作多数。

草原にのどかに広がる群獣の中のまだ若い一頭が、ふと空に向かってたわいもなく前肢をそろえて跳び上がったかと思うと、たちまち目に見えぬものの息に触れたように、ものに怯えたさまで走り出す。するとまわりの大人しい獣たちは一斉に反芻を止めて、このおさない気紛れをしばらく蒼く澄んだ目で眺めやり、それからまた果てしもない反芻にもどって獣の物憂い分別に落着くかに見えた。ところがその時、まるで走らねばならぬわけをふと思い出したように、彼らは不精らしく、ほとんど迷惑そうな跑足《だくあし》でゆるゆると走りはじめる。かすかな埃を立てて、温順な群がゆっくりと崩れ出し、若い気紛れな仲間の後を追うともなく、無数の肢がほとんどひとところで林のようにざわざわと揺らいだ。だがよく見ると、跑を踏むにつれて、それらの肢にはすこしずつ真剣さがこもっていく。そしてやがてその真剣さがためらいがちに微妙な一線を越えたその瞬間、いきなり群全体をただひとつの肉体のように、先頭をきる獣の鼻面から後駆《しんがり》をゆく獣の尾の先まで一気に衝撃の波が突き抜け、あとは驚愕が疾駆を呼び、疾駆が驚愕を誘い、そしてすさまじい褐色の雪崩が草原の茨を踏みくだき、猛獣の群さえ蹴散らして、静かに燃える昼さがりの地平線を目ざしてごうごうと墜ちていく……。

そんな光景を私はしきりに思い浮べた。ちょうど、静かな地方の街での暮しを終えて、五年ぶりに都会にもどって来た頃のことだった。もちろん、私はケニアにもどこにも行ったことがない。それどころか、よく山に登っていた学生の頃からもう七年ほど、野獣というものを見た覚えがない。

また、こんな光景がまるで私自身の体験のように心に浮ぶことがあった。それは、何か登山旅行記のようなものを読んだ友人からむかし聞いた話であるが、もう十年ほどもすっかり忘れていた後にふたたび思い出してみると、どうやらその間に私自身の勝手な心象になってしまっているようだった。たしか信州のどこかの高原のことだったと覚えている。ある夏の午後のこと、まだ雨を降らせずに重く垂れさがる雷雲の下を、十数頭の馬が狂気のように走りまわっている。高原は、やせ細った樺《かんば》をまるで奇妙な棒杭のように点々と孤立させて、空に向かってなだらかに広がり、まさに思うがままの疾駆の天地だった。ところがこの広々とした天地を、馬たちは二百メートルと真直に走りぬけることができない。二百メートル近く走って、いよいよ勢いをつけて一直線に駆け去ろうとするそのたびに、馬たちは前方に恐ろしいものを見たように一斉に立ち止まり、暗雲に向かって後肢で立って白い歯をむき出し、それからしばらく右へ左へとうろたえまわったあげく、また別の方向へいよいよ懸命に走って行く。おそらく、頭上の雷雲に応えて、馬たちの体の中でも電位が高まり、たてがみが空に向かってジジジッと震えながら放電していたのにちがいない。あるいは実際に、馬たちの逃げまわる先々で、電光が閃いて馬たちを驚愕させたのかもしれない。詳しいことはもう覚えていない。だが私の想像の中では、雷雲は濃い紫色に静まりかえり、そして地表にひっそりと漂うほの明るさの中を馬たちは一心に逃げまどい、柵ひとつない広がりの中でしだいに狭い輪の中へ追いこまれていく。そして私は馬たちの恐怖を思いやる。空に向かってなだらかにもり上がるこの高原の上では、彼らはどこへ走ろうと、どんなに群の中へ紛れこもうと、どうしようとこうしようと、それぞれ天と地との境い目を、この怯えきった体で形づくってしまうのだ。

地上でもっとも駿足な獣はチーターという肉食獣だそうだ。この猛獣は当然のこと獲物を追って追いつけぬということを知らない。おそらく人間をもふくめてこの地上でもっとも優雅な食生活および狩猟生活をいとなんでいる存在であろう。群獣を襲う時にも、彼は逃げ遅れた獲物に手当りしだいに飛びかかるような不様なまねはせずに、まず群の真只中に走りこんで獲物たちとともに疾駆しながら、その日の食欲にあった獲物をおもむろに選び出すという。獣群は美しい死神に真只中に飛びこまれるといくらか扇型に広がるが、おおむね以前と同じように走りつづける。死神と並んで一所懸命に走っている獣たちがいる。とうに追い越されたのも知らずに、死神の後から死物狂いで逃げてくる獣たちがいる。死神の近づきを肌で感じて足萎えてしまい、地べたに尻もちついて、自分には目もくれぬ死神の素晴しい疾駆を呆然と見送っている獣たちがいる。それでいて、死神が通り過ぎてしまうやいなや、彼らはまたむっくりと起き上がり、あらためて戦々兢々と死神を追っていく。こうして結局は一頭の犠牲獣を出して狂奔は止むわけであるが、ところで、このような俊足で気紛れな敵に追われる場合と、もっと鈍足で律儀な敵に追われる場合と、実際には存在せぬ敵に追われる場合とで、群獣の恐怖に変りはあるだろうか。いずれの場合でも、物狂わしく疾駆するということは彼らにとって本能の促しであり、したがって彼らの分別にかなった振舞いであり、恐怖の原因を知らぬことが恐怖の振幅を倍にもするということは、彼らにはないのだ。すくなくとも、ふたたび草原に散ってのどかに草を食《は》むとき、彼らは実際に犠牲者が自分たちの間から出ていようと、何もかもが実体のない恐怖であろうと、そんなことはもう知るものでない。獣たちにとっては、そもそもパニックというものがないのではなかろうか……。

あの頃、私はそんな愚にもつかぬことを朝の通勤時に大まじめで考えたものだった。そして《都会とは恐ろしいところだ》とつぶやいたものだった。都会育ちのこの私が。学生の頃には、都会は私にとって何事でもなかった。大学を出てから給料をとるようになってからも、懐具合のすこしばかりよくなった私にとって都会はいよいよ何事でもなかった。私はいわば外側の喧噪につりあうだけの喧噪をうちに宿していたのである。ところがそれから五年間地方で暮らして、行く時にはいなかった女房と赤ん坊を連れて都会にもどって来てみると、私は毎朝のラッシュに心の中で呆然と目を見はっている自分に気がついたことだった。中学生の頃から満員電車で通っていたこの私が。私が目を見はったのは、朝の群衆の静けさだった。あの土地では、こんなに静かではなかった。あの土地でも私は毎朝満員バスで通っていたものだったが、身動きもならぬバスの中にもあちこちに大声の歓談があり、背広を着た村があり、そしてバスが洒落た県庁舎の前にとまると、その村全体がきわめて豊かな表情でざわざわと降りていった。そして私にも、古きよき私小説風の生活があった。私は呑屋のつけのきくのをよいことに、文なしで、ぶっ倒れるまでほっつきまわることを覚えた。いつどこで店から締め出されようと、ねぐらまでは暗闇の中を一時間も歩けばたどりつけた。となるともう、どこで寝ても寝なくても、大して苦にならなかった。ある雪の夜のこと、私は同僚の一人と二時過ぎまで呑んだあげく、雪の中へ倒れこみたいという誘惑と戯れながら、街はずれのそのまた先のねぐらまで歩いて帰ってきた。街が尽きると、白い果てしない広がりが降りしきる雪をひたすらに受け止めているさまが、まるで大地のほうが白い粉を細かに吐いて柔らかな空の中へ溶けこんでいくように感じられた。ところが、「おい、いつまで同じとこを歩きまわってやがんだい」という声にあたりを見まわすと、畑の中に一本ぽつんと立つ低い樹の上に、いつのまにか相棒が黒々と坐っている。私が呆気に取られて近寄ってきたのを見て、相棒は枝の上から伸びあがり、遠くに向かって哀れな顎を突き出して、「東京姐《ねえ》ちゃんのが恋しいよう」と叫んだ。「おれは恋しくないぞう」と私は下から幹を揺り出した。すると雪がどさりと脳天に落ちかかり、それから同僚の体が気楽な仰向けの姿勢で落ちてきて、新雪の中へぼそりと埋まった。そしてひくりとも動かない彼の体を、私は無造作に背中にかついで、騒々しいくせに軽い奴だと、雪の中を歩きはじめた。やがて、ゆるやかな谷のはるか底のほうに灯の感じをかすかに残して、雪があたり一面にただもうひたすらに降り出した。ひたすらな沈黙が地をおおって降りつづいた。私の足音さえ立ったところからたちまち沈黙の中へ吸い取られて、ほんのすこしも響かなかった。私のこめかみの動悸だけが、雪の中でただひとつ定かな音だった。だがその時でも、私はこのような静けさは感じなかった。

私にもうすこしましな頭脳があったら、私はおそらく明快な社会学的考察でもって私の不安を片づけておいたことだろう。ところが私はこの静けさの印象が群衆の流れの異様な滑らかさから来ると気づいたとき、新参者としてただもうひるんでしまったのだ。なぜ都会の人間たちはあの土地の人々のようにざわざわと車を降りないのだろう。朝夕にはきわめて人間蔑視的な改札口を彼らはすこしのいら立ちも見せずに通り抜けると、誰に命令されたでもないのに、フロアーにまんべんなく流れ広がって、人を押し退けようとするでもなく、無理に追い抜こうとするでもなく、群のテンポにぴったりと足並みを合わせ、それでいて密集のふとゆるんだところがあれば、すぐに間隙を満たしに行く。そしてやがて階段にさしかかると、流れは静かに淀み、先のほうからゆっくりと傾いていく。まるで苔むした岩の上を平たく滑り落ちる音なしの滝のように、それは見つめているとかすかな目まいを誘い出す……。

まさに《整然たる》という言葉がふさわしい。今の世にこれよりも整然たる人の動きはあるだろうか。毎朝のターミナルに一分間に流れこむ人の数と、それを容れる空間の広さとを統計的に処理して見る者は、日々にくりかえされる奇跡の業《わざ》を見ることだろう。社会科学者が遠い国の政情分析の際にしばしば見せるおのれの学術への信頼にここでも忠実であるならば、彼は毎朝の大移動を分析して、《これは不可能であり、したがって真相ではない》と結論しなくてはなるまい。ここでは平均的な人間を統計の資料にとってはならないのだ。この群衆を形づくっているのは、もっとも訓練された人間なのだ。かりに全国の政治家、評論家、論説委員、学者、目覚めた主婦たちの中から、とくにすぐれて道徳的な意見の持ち主たちを電車につめこんで——おそらく十三輛連結が十三台ぎっしり満員になってもまだ足りぬことだろう——、それを同じ条件のもとでターミナルに放ったとしたら……、私はまず目をそむける。どんな惨事が起ることだろう。

しかし、あのような整然さはなぜ、と本気で自問する厚顔さは、いかなあの頃の私でも持ち合わせていなかった。それはわかりきっている。暮らさなくてはならないからだ、急がなくてはならないからだ。われわれはそれぞれほかの人間たちを押し退けんばかりのいらだたしさでいながら、まさにそのいらだたしさのゆえに、全体としてゆるやかな流れをつくりなすのだ。あれは、殺到の秩序、急がば回れをおのずと心得た殺到の秩序である。ここでは、急ぐ必要のない者ほど、その気紛れな足運びのゆえに、より悪しき攪乱者なのだ。ある朝のこと、私はターミナルのホームにようやく降り立つや、たちまち四十歳ぐらいの男を追い抜いて、何とはなしにその後姿を心にとめた。背を真直に伸ばして、頭をゆったりと垂れ、まるで夕立ちの中へ濡れもせずに歩み入って行くような淡々たるその姿が、私にはなぜかいかにも犬儒的に映ったのだった。そして私はいきなりわけもわからぬ忿懣に満たされた。そしてそのわけのわからなさにかえって狂喜するような気持で、乱暴に人の流れをかき分けかき分け、改札口の淀みまで来てようやく一息ついた。すると私のそばに、いましがたの男が立ち止まった。妙にしらじらと輪郭正しい顔だった。その顔が、たまたま私と肩を並べるように立ち止まったのをすまないとでも思うように、ひっそりと下を向いていた。その姿に私はまたしても怒りを掻き立てられた。そして私は改札口から流れ出ると、怒りのために冴えかえった反射神経でもって、人の流れの中に絶えず生じては消える隙間を敏捷にたどって、急ぎ足の人間たちを何人も何人も追い抜き、たちまちフロアーを突っきって、階段を下るゆるやかな流れの後についた。だがその時、私の二メートルほど左手で何やら懐の中をしきりに探りながら階段へ踏み出そうとしている男があり、見ると紛れもなくあの男が、まるで私よりも先にやって来たように、静かに足を運んでいた。薄気味の悪いものが私をなぜた。私はいまや人ごみの中のささやかな無法者となって、強引に肩を左右に振りながら階段を降り、地下道を走るように横切った。そして地下鉄がようやく動き出し、ホームに積み残された人間たちに混ってあの男が端正な顔を真直に上げて滑り退いていくのを目にしたとき、私は斜めにかしいでようやく立っている苦しい姿勢のまま、何と狂暴な喜びに身をゆだねていたことだろう。だが、ふたたび朝の光の中に出て、ふと思い出して駅前の店で煙草を買って、その一本を口にくわえて悠然と歩き出したとき、私のそばをすうっと通り抜けて、夕立ちにも肩をすくめずに淡々と歩み去って行く後姿があった。私は自分が都会にもどって早々にノイローゼになるのではないかと恐れた。

私にはノイローゼになるだけの理由が十分にあった。都会にもどって来て、私にはまわりの人間が無気味なほど有能に見えたものである。実際にそうだったのだ。たとえば、地方にいた頃、私が二人の同僚と三日も大騒ぎしてようやく仕上げて、三日目の夜には三人して祝盃を上げたほどの仕事を、ある日のこと、私よりも五年ほど先輩の人が隅のほうの机にひっそりと坐りついて一日で片づけてしまったのを、私はむき出しの白刃を見るような思いで眺めた。さすがに私は素直にならざるをえなかった。そしていずれ機会があったら、その人に指導を願おうと思うほどに殊勝になっていた。ところがある夕方、新しい同僚たちと連れ立って会社を出たとき、その人が私たちのそばを通り過ぎかけて、なにか煤《すす》けたような微笑を浮べながらやんわりと頭を下げた。そしてその後姿が十分に遠ざかったとき、同僚の一人が私に、「あの人は度し難いマイホームでね。こないだも目のまわるほど忙しかったとき、子供の誕生日だと言って五時に帰っちまったよ。おかげで俺たちは十時過ぎだった」と教えてくれた。その人の姿に、あの夕立ち男の後姿はどことなく似てないでもなかった。

ところでその頃、私は朝の雑踏の中でしばしば怪しからぬ思いに耽ったものだった。この静かな群衆の中に、今すぐにパニックを惹き起すことができるだろうか、という思いだった。パニックとは、外側に原因らしい原因もなく、ほとんど内在的なものだけから起らなくてはならない。たとえば誰かが、見るからに善良そうな誰かが、真に迫った驚愕の表情でいきなり振り返り、流れを懸命にかき分けて走り出したとしたら、そしてまわりの人間たちの中でこの驚愕が感情的なものの境い目を一気に飛び越して、胸をびりびりとふるわすようなあのむしろ物理的な共振の状態に入ったとしたら、おそらく、十人ほどの人間が思わず十歩ほど引きずられて走り出すことだろう。そして十人もの人間が走り出せば、その中には、生活体験の重みを腹の脂肪の厚みとももどもありありと感じさせる《大人しい》人間が一人はいるはずである。ここが、急傾斜にかかるかどうかの境い目なのだ。なぜといって、われわれは行きずりの人間たちの間からさえ《大人しい》人間たちを見つけ出して、そういう人間たちをいわば背景人物として、自分の現実感覚の安定を無意識のうちに絶えずはかっているのだ。その証拠に、われわれが自分の現実感覚にひどく倦むと、われわれの身のまわりから《大人しい》人間の姿がぱたりと消えてしまって、いい年をして物狂わしい眼をした顔ばかりが目につくではないか。ところが、今ここで《大人しい》人間がものに怯えて走り出したとする。すると、このような人間には、原始的な恐怖がほかの人間たちの場合よりも露わに出ないとはかぎらない。《大人しい》人間が目をむき出して走り出した。その時、その滑稽さにもかかわらず、いやその滑稽さのゆえに、おそらくパニックは溢れ出すことだろう。はじめの驚愕を知らぬ者たちまでが走り出し、はじめに驚いて走り出した者たちはもう何に追われて走っているかを知らない。こうして群衆がいったん走り出したとする。そうなると、たとえそれが十秒後にはもうおさまり、わけもわからぬ一瞬の混乱として人々の眉をしかめさせるだけに終わろうと、同じことである。十秒という時間は長いものだ。そしてその間に十歩走った人間も、曖昧に五歩走った人間も、呆然と目を見はっただけの人間でさえも、自分が影に怯えたことを知り、羞恥がさらに不安とおもむろな狼狽を生み出し、そしてパニックは一人一人の心のうちで、茨を踏みくだき、暗い地平線に向かって走りつづける……。

よくもくだらぬことを考えたものである。このような夢想へ私を誘ったのは、群衆のあまりに整然たる流れだろうか。とにかく、それは大都会にもどって来た人間の、軽い現実喪失の産物である。外側には騒々しくて口数のすくない都会があり、内側にはまだそれと張り合うだけの喧噪も沈黙もない。ほんとうの自然児ならたちまち内外のバランスを失ってくずおれるか、逆に外へ打って出るか、そのどちらかのところであるが、そこは根が都会人でもあり、扶養家族のないではない身だけに、何はともあれ巨大な現実に従うことはわけもないことであった。しかし、おもてでは現実に従っておとなしく振舞っていながら、内ではまだすこしばかりよそ者であると、奇妙な静けさが心の中に生まれ、その中をおよそ怪しげな思いがさまざまによぎるものである。私はさらに、このようなパニックの最初に走り出す男にはどういう性格がふさわしいかと、いらざる思いに耽りはじめた。するとたちまち、ある種の目つきが、ある種の表情が浮びかけた。しかしこれは、私にとって何といってももうあんまりだった。これでも私は、現実にないものにあまり深く思い耽ることを嫌うことにおいては、かなり潔癖なほうなのだ。私は自分の思いをもてあましかけた。するとその時、《先導獣》という聞きなれぬ言葉が私を助けにきた。《あれが先導獣というものだ》と、私は使いなれぬ言葉の清潔さで、いささか妙な具合になってきた私の思いにけりをつけることにした。

しかし言葉というものは一度呼び出すと、酒癖の悪い男か、好奇心の強い女のように、どこまでも絡みついてくるものだ。《あれが先導獣というものだ》というさかしらで事にけりをつけたつもりの私は、しばらくして奇妙なことに気づいた。《先導獣》という言葉を、私は地方にいたときにたまたま呑み友達になった若い語学教師から教えてもらったのだが、その教師の説明したところによれば、《先導獣》とは群の中でもすぐれて逞しい、甲羅を経たボス獣のことであり、この獣に導かれて群は敵の牙から安全な方向へと的確に走るのだという。あるいは家畜の場合なら、牧夫はこの獣を動かすことによって、群全体を意のままに導くという。ときには、この獣がわけもなく走りだして群全体を無意味な狂奔へ陥れることもあるにちがいない。そんなことをも私はあの教師から聞いていたので、今頃になって《先導獣》という言葉を思い出したのかもしれない。

しかし奇妙だった。《あれが先導獣というものだ》とつぶやいたとき、私はこの《先導獣》という言葉のもとに、けっして甲羅を経た大人しい獣を思い浮べてはいなかったのだ。つかのま静かにうち広がって草を食む温順な獣たちの間で、遊び倦きた幼い獣が、いきなり何を思ったのか空に向かって奇妙な恰好で跳び上がる。すると群は真剣な恐れに揺すぶられてどっと走り出す……。私は《先導獣》という言葉のもとに、まだ無邪気な媚をふくんだ、それでいてどこか物狂わしい、小児の目を思い浮べていた。

そして他方には、あの端正で、どことなく犬儒的な夕立ち男のイメージが私の心にしつこく残っていた。あの淡々たる足どりと、私の憤然たる足どりは、流れの淀むごとに薄気味悪いほどぴったりと落ち合ったものだった。あれが、群を支配するテンポというものなのだろうか。そしてどう歩いたところで結局は同じことだという悟りこそが、あの端正な姿に、どことなく犬儒的な表情を与えるのだろうか。なるほど、どちらでも同じことだというのが犬儒の発想である。そうやって犬儒はさまざまなこだわりを切り捨てて、おのれの快楽を醇化する。犬儒とは、私の思い浮べるところでは、心の快楽を濁りから守ることにもっとも繊細で柔軟な精神をそなえたものである。おのれの良心の疚しさから他人に咬みつくのは、これはただの犬にすぎない。また、広場で女と交わりながら、呆然と目を見はる人間たちに向かって《何を隠すことがあろう》と叫んだ荒ぶりの犬儒は、今の世ではかえって有卦《うけ》に入って、肥えた豚になってしまう。してみると、私はあの夕立ち男に大いに共感を覚えてもよいはずだった。それなのに私は、あの後姿を偶然目にとめるや、たちまち憤りを覚えたものだった。胸を張るともなく背を真直に伸ばし、その上で頭をいきなりいかにもやさしげに垂れ、庭石をひとつひとつ踏んでいくような足どりで雑踏の中をひんやりと歩むその姿が、誰に不快を与えるでもないその姿が、私にはまるであたりはばからぬ耽溺のように見えたものである。

だいたい私は、人目はばからず自分の内心のことに耽る男が好きではなかった。たまたま私の内心に深くかかわりあってしまった少数の人間たちは、これはもう私の恥部の一部のようなものであり、あるいは私のほうが彼らの羞恥の一部のようなものであり、もはやどうにも仕方がない、死ぬまでひっそりとかかわりあうまでのことだ。しかしそれ以外のところでは、人はむしろ無味乾燥であらねばならない、と私はとくにあの頃かなり頑固に信じていた。人中で自分の内心のことにあからさまに耽りこむのは、人々が神経をひりひりと張りつめて爆発物を扱っている室の中へ子供がいきなり走りこんで来て、「バンザイ」と叫ぶようなものだ。しかしそのことについて、あの夕立ち男には、非難されるべき点がすこしでもあっただろうか。彼はしかるべく温順な市民のよそおいに身を固めて、手には律儀な鞄さえぶら下げていたではないか。それに、どんなに強引に突き進もうと結局は群のテンポから脱れられないと悟ってしまったからには、ああいう歩き方をするよりほかにないではないか。それなのに私は、その姿を思い浮べるとたちまち憤りを掻き立てられた。

あの先輩についてもそうだった。うかつな私がようやく気がついてみると、まわりの人間たちは彼を坊主か学者のように滑稽な存在と思っている様子だった。「しかし切れる人だろう、あの人は」と私は同僚の一人にたずねた。「そりゃ切れれば切れる人だろうね。だが妙なプリンシィプルがあるらしくてな、自分からは何もしないのだ。あきれるほどの潔《いさぎよ》さだよ……」と彼は教えてくれた。そして私はあらためてこの先輩を観察しはじめた。なるほど蕎麦の食い方ひとつにも、ひとつのやり方をひっそりと、にこやかに守っているような笑止さがあった。しかし端正な顔の中でいつも子供のように潤んでいる眼と、いかにも無防備そうな唇を見ていると、この人は本気にやり出したら仕事の枠の中に止まらなくなってしまう人ではないかと私には思えてきた。とすれば、彼の生き方は何といっても正しい。周囲の人間を物狂わしい言行で悩ますのを避けるためなら、こうして蒼白くにこやかに生きるのが人間的な分別というものだ。にもかかわらず、このようにおのれを守って生きているということが、私には淫らなことに思えてならなかった。このような大人しい分別に従って、彼はかえって自分をいつまでも幼く物狂わしいままに保っているのではないだろうか……。

こうして私の先導獣のイメージは、いつまでたっても空疎なままに止まっていた。しかし空疎なイメージは何の働きも心に及ばさぬとは言いきれないものだ。姿かたちが思い浮ばなくても、目鼻立ちへのほのかな予感が漂うこともあり、目鼻だちがまったく思い浮ばなくても、独特なまなざしがこちらを見つめていることもある。そして私はこの先導獣を真剣に憎みはじめた。

先導獣とはどんなものか、私にははっきり思い浮べられなかったが、しかしそれがどんなものでないかははっきりとわかっていた。それは強烈な個性ではなかった。なるほど強烈な個性はまわりの人間たちを、異和感と屈辱感によってだけでも、かなり遠くまで引きずって行くことができる。実際にそんなこともあった。しかしこのように滑らかに流れる大都会の群衆には、いかに強烈な個性をもってしても、とうてい歯が立ちはしない。そもそもあの流れの中に入っては、強烈な個性などというものがありうるだろうか。しかしまた、この巨大な流れにしても、けっして揺るぎなきものではない。もっとも短い時間を歩むことに没頭している人間の心には、ちょうど複雑な機械を一心に操縦している人間の場合と同様に、あきらかに大きな虚がある。そしてその虚を唐突なやり方で衝かれたとき、われわれは深い眠りから叩き起された時のように、もっとも短い、もっとも原始的な反応を示しやすい。しかもこの反応はとにかく現われると、同じ必要に導かれて同じテンポで歩む群全体に一斉に現われるのだ。そしてひとたび混乱が生じると、あまりにも合理的な秩序は一気に崩れ去る。いや、殺到の秩序がこわれるだけなら、われわれは群衆的な存在から目覚めて一人一人の人間にかえることも大いにありうることであるから、まだしも救いはある。だがもっと恐ろしいことに、われわれはなまなましい叫喚をよそに、殺到の秩序を冷ややかに守ったまま、ごうごうと走り出すかもしれないのだ。その時、何人かの人間が踏みつぶされることになっても、それは殺到の秩序に属することなのだ。あまりに合理的なものはしばしばいきなり非合理的なものへ転化すると言われるが、事実はそんなにドラマチックなものではなかろう。あまりに合理的なものは、ある時、そっくりそのまま非合理的なものであるのだ。ちょうど野獣が変わらぬ足どりで明るい野を横切って暗い繁みの中へ入って行くように。

それにしても、かりにこの滑らかな秩序につかのまでも狂いを来たさせることのできる人物がありうるとしたら、それはどんな人間だろうか、と私は考えた。それはほかの人間たちに何の不安も何の愛憎も抱かせない人物ではないだろうか。誰もが拒みようもないほどに無害らしい人物ではないだろうか。そんな人物がいかにも没個性的な、水っぽい笑みを浮べて、人々の虚をすうっと通り抜け、もっとも荒々しい個性にも行き着けぬところに臆面もなくつかつかと入りこんで、そしてボタンを押すのかもしれない。幼児のように無垢な、獣のように無恥な眼を、私はまざまざと思い浮べて歯ぎしりしかけた。だがその眼は何もかも知っていて、ひそかな了解を求めるようにかすかな媚を漂わせている。

朝の雑踏の中でこういう憎しみにいったん心を捉えられると、その日はほぼ一日じゅう、私は私自身にとってきわめて不愉快な人間として過ごさなくてはならなくなる。そんな日には、機械のように黙々と義務を遂行することだけが私には心地よく、それを越えておのれを表わそうとするいとなみのすべてが私の憎しみをそそった。新聞や雑誌を読むとき、私は妬み深い犬のように、たいていの意見の中に、どうしようもない憎しみを嗅ぎつけた。たった一言のきわめて穏当そうな意見がその道徳的な言辞とはうらはらに、じつはありとあらゆるものを拒み、自分がいままで展開してきた論理さえ投げ棄てて、まるで大道にひっくりかえって叫んでいる酔漢のように、しばし奔放な憎しみに耽っているのに、私はしばしば出会って当惑した。他人をもっともらしく批判しながら、疥癬《かいせん》病《や》みの犬のように、おのれの憎悪をひしひしと掻きむしっている意見もあった。どの意見も内容は穏当なのだが、どうしても二言三言多すぎて、この余計な言葉の中で憎しみが叫び立てるのだ。そして横断歩道にさしかかって曖昧にスピードを落した車の前を歩行者がぎごちない足どりで渡るとき、車の内と外でかわされるかすかな敵意のこもった視線。たがいに立場を入れかえて見るだけの想像力はないでもないのだが、運転者は現にいま運転者であり、歩行者は現にいま歩行者であり、それゆえどうにもならない憎しみ。そんなものが私を疲れさせ、憎しみにあまりにも敏感な自分に嫌悪を覚えさせた。そして私は《朝の寝覚めが悪いと一日中ろくなことはない》と呪文のように心のなかでくりかえしながら、つとめて肩の力を抜き、背中を真直に伸ばして、ゆったりとした足どりで人の中を歩いた。すると私は猛然と降る夕立ちの中を肩もすくめずに淡々と歩んで行く姿を自分のうちに感じた。そして見ると、私のそばを通り過ぎて、まだ遊びたりないのか物狂わしい眼つきで、人ごみをかき分けて進んで行くおさない姿があった。

こんなとりとめもない新参者の夢想を毎朝くりかえしているうちに、ある朝のこと、地下鉄のたった三分の遅れが、いつもの地下道にどこかの大祭ひとつ分ほどの雑踏をつくり出した。私は構内閉鎖の黄色いロープが強引に人の流れを二つに分けていくその下をあやうく潜り抜けて地下道に降り、改札口の淀みのいちばん尻についた。流れはとうにどうしようもなく滞っていたが、それでも人々は小刻みに足を動かすのを止めず、ほんのわずかな前進の余地を探り出すために全神経を凝らしているという態だった。だがしばらくしてスピーカーがもう二、三分の遅れを知らせると、細かな動きもさすがにぱったり止み、人々はまるで不安な疾駆の夢からふと覚めたようにうすら寒そうに体をゆらゆらと揺すりはじめ、そしていきなりゆるんだ緊張の下から、起きぬけの無残な素顔が浮び上がってきた。若い女たちでさえそうだった。動いている間はとにかく男たちの心をそそらないでもなかったかしこい装いも、今ではその力を失って汚れた寝間着のようにもっさりと体をつつみ、そうして彼女たちが前の男の広い背に額を押しつけるようにして立っていると、家族にさえ見せないようなすさんだ顔がさむざむと透けて見えてくるのは、どうにもならなかった。いきなりふてぶてしい感じになったスカートのふくらみに手をまわして、目をそむけたくなるような動作を無意識のうちにやっているあどけない娘の顔もあった。《孤独とは人を無恥にするものだ》と、そんなつまらぬことを思いながら、新参者の私はひとりできょろきょろとあたりを見まわしていた。

そのうちに、人ごみのいくらかすいた柱のそばで、二人の中年の男がたがいに肩を寄せあってまわりの人目から陰をつくり、柱に向かって何やら熱心に話しあっているのを、私は目にした。ちょうど昔風の商売人が懐を寄せあって声も立てずに喋々と指商談をかわしているのに似ていたが、商売人にしては後姿がやさしく、むしろその端正で蒼白い長身から、二人をあの夕立ち男とあの先輩とに見立てたらどんなに面白い情景だろうと、私は退屈のあまり想像のはめをはずしかけた。だがそれから私はまじめになり、きっとどこか人目につかぬところへ行くまで待てないほどさし迫った打合せがあるのだろう、と思いやった。それにしても、なんとまあ戦々兢々たる態度だろう。ひとしきり熱心に語りあって、二人して重々しくうなずきあっては、二人は何かに怯えたようにあたりを見まわした。そしてしばらく何事もなげな顔をそれぞれあらぬ方に向けて、ひっそりと眼を動かしてまだ誰の注意も惹いてないことを二人して確認しあい、それからまたいそいそと密談に耽った。ときには一人が熱中のあまり周囲の眼を忘れかけ、そしてもう一人が相手の軽率さをたしなめるように手の先で相手の脇腹のあたりをひしひしと突きながら、何食わぬ首を丹頂鶴のように伸ばして、我を忘れた相棒のために二人分の注意を配っていた。いったい、どんな大事が二人をここでこうも小心翼々と結びつけているのだろう。要らざる用心じゃないか。まわりの人間たちは今あまりに孤独すぎて、他人の話を盗み聞く耳さえもたないのだ。たとえたまたま耳にはさんだとしても、それを自分の関心に結びつけて留めるすべも知らないものだから、耳にしたところからきれいさっぱり忘れてしまうはずだ。ここは人影ひとつない野っ原よりもはるかに淋しいところなのだ。それとも彼らは、この地下道をいま爆破しようとでもしているのだろうか。

ところがそれは、私のはなはだしい思い違いだった。しばらくして人の流れがわずかに動いて、私の目の角度がいくらか変わった時、私はそれにようやく気づいた。

それは密談ではなくて、じつは息をこらした小突合い、つまり喧嘩、行きずりの牡鹿どうしの角突合いだった。

しかし私が見たところにも、じつは何の誤りもなかった。実際に二人は小突き合いながらも、ひとりが右をうかがえば、もうひとりが左を見渡し、こうしておたがいを懸命に人眼からかばいあっていた。第三者が何も知らずに近づこうものなら、たちまち二人して堅く殻を閉しそうな、濃やかで戦々兢々たる連帯感がそこにはあった。ただよく目をこらして見ると、もう子供の二人もありそうな中年男の肩が、小きざみに震えている。そしてたがいの背のつくりあう陰の中では、ふたつの腕が滑稽にも腋をかたくつぼめたまま、小手先だけで絡みあい、まるで世間に許されぬ男女のようにひっそりとせめぎあっていた。そしてときおり周囲をゆっくり見まわす落着きはらった顔には、なるほどそう気づいて見ると、ずるずると感情の深みへはまっていく者の、あの哀しみがありありとうかがわれた。

なんという薄気味悪さだろう。暗い感情がとうに縁を越えて溢れ出てしまったのに、分別がまるで人のいない室の機械のようになおもひとりで動いている。その時、私はまたしてもあの夕立ち男とあの先輩のことを想像しかけて、ひどく顔を顰めた。狂人の顰め面のようなものを、私は自分の顔に感じたものだった。このたわいもない想像がよほどつらかったらしい……。

だがそれから、ようやく流れはじめた雑踏の中で、私はいましがたの出来事をふりかえって、奇妙なことを考えはじめた。あの二人は自分たちの気狂い沙汰が人目に触れるのを、自分たちのために恐れたばかりでなくて、まわりの人間たちのためにも恐れたのではないだろうか。彼らは、どす黒い血を流す怪我人をまわりの眼から隠そうとする者たちと、つまりは同じことをやっていたのではないだろうか。それはもう小心と呼ばれるような個人的な不安ではないのではなかろうか。ことによると、周囲の滑らかな動きと静かな渋滞の中にひそむ狂奔への不安が、彼らの手足にのしかかっていたのかもしれない。なぜといって、いつ崩れ落ちるかもしれないドームの下で暮らしている者は、たとえ我を忘れて吠え猛る時でも、思わず知らず声をひそめているものだ。

あの時、私が唐突として殲滅兵器のことを考えはじめたのは、これも新参者特有の心の動きにちがいない。

私は殲滅兵器への思いでもってときおりおのれの蒼白い道義心を鞭打って、その他のもろもろの良心の疚しさを清算するという趣味はもっていない。鞭打つという行為は、自分が相手だろうと、他人が相手だろうと、同じぐらい後暗い行為であることを、私は知っている。だが殲滅兵器への思いを前にして、私の想像力が病み衰えていくのはどうにもならぬことである。なるほど私は、どこかの地下室で殲滅兵器が鋼の微光を放ちながらその照準をわれわれの上にぴったりと向けているさまを、わけもなく想像できる。そしていつかそのボタンを押させるべく受話器をとる人間の胸のうちに、すでに和解劇のプランが綿密に仕組まれており、そのプランの前提には敵方の暗黙の了解がある、という可能性も思い浮べられた。それればかりではない。あの殲滅兵器といえどもただの機械であり、そのボタンを押すだけなら、なにも然るべき人間の合図を待つ必要もない。そのボタンを押させるのが一人の愛すべき青年の熱烈な悔恨の情でもありうる、ということもけっして私の想像の外にはなかった。だが私の想像力はいっかな現実に及ばない。いくら想像を逞しくしてもこの操縦室に入って真紅のボタンを実際に見ないことにはどうにもならない、とそんなことをつぶやきながら操縦室の中でたたずんでいる自分の心をいくら想像したところで、どうにもならないのだ。それはどんなヴェールをもかぶっていない、あまりにもあからさまな現実である。だがその現実を前にして、私の想像力はそれをどうしても、思い浮べきれないという屈辱感のために病み衰えていく。パニックの思いについても、じつは同様だった……。

しかしそんな殲滅の脅威の下でも、人間は存分に生きるよりほかにない、と私はもう一度考えてみた。崩れかかったドームの下でも、人間は身近なものへの愛憎にかまけて、十分に物狂わしく生きられる。むかしから人間は、いかに小心な分別にとらえられているときでも、巨人の眼とも言うべきものをそなえており、そしてこの眼はどれほど恐ろしい非理性の爆発を前にしても、結局は存続するだろう人間的なものを肯定しつつ、海のように冷酷でやさしく、あらゆる惨事を見まもってきた。しかしこの巨人の眼も、人間がついに我ものにした真に殲滅的な力を眺めるとき、もはや人間的なものの全き発動を肯定しきれなくなって、謎を解かれたスフィンクスのように崩れ落ちてしまう。そしてその廃墟には今では人間の理性が痩せこけたわが身に鞭打って、自分が厳しくなればなるほど非理性があたりを跳梁するのを訝りながら、笑止な独裁者として立っている。だが私は結局この独裁者を認めなくてはならない。

私の夢想はそこまで来て、自分の阿呆さ加減に愛想をつかして沈黙してしまった。どうやら、私の内側にも、ようやく都会が満ちてきたようだった。毎朝ほとんど同じように、隣の男のスポーツ紙をのぞきこみながら電車に運ばれて来て、頭に残った記事の断片をあれこれと無責任に検討しながらターミナルの構内を通り抜け、また地下鉄に積みこまれるまでのその間、私は自分もその一人であるこの群衆の静けさが殲滅への不安と何かのかかわりがあるとは、つゆ思わなかった。それに、ちょうどその頃、私はあるむずかしい仕事にたずさわることになった。それは、私の全体ではなくて二、三の特性をぎりぎりまで要求するような仕事だった。そしてその仕事をとにもかくにもやりおおせるためには、私はまわりの人たちと同様に恐ろしく有能な人間にならなくてはならぬ定めだった。私はそれを思うと憮然たる気持で仕事にとりかかった。なぜといって、仕事はやりとげられなければ大変なこと、やりとげられて当り前、自分は大騒ぎしながらもいずれそれをやりとげるだろう、と私は知っていたからである。有能な人間になるのはまだ早過ぎるような気がした。はじめの三ヵ月という時期は、日夜私の神経をぎしぎしと軋ませて流れ過ぎた。それから、相変わらずかつがつな状態ではあったが、それでもようやく走り出した列車の滑らかな進行に心地よく耳を傾けるような、そんな時期がやって来た。私の勘はなにかよそよそしく冴えかえり、それにつれて心のほうは睡くなった。そしてときおり私は仕事に没頭しているその最中に、ふっと溜息をついて寝返りをうつような気持から、《人間である面倒はもうこれぐらいにして、この滑らかな機械の動きそのものになりきってしまったら、いっそどんなにか心地よいことだろう》とつぶやくことがあった。静かな街で五年も暮らしているうちに、すこしばかり人間的になりすぎたのだ。これで元にもどったまでだ。そう私は考えた。たちまち一年たってしまった。

しかしわれわれの心にも一年周期ほどの緩慢な満ち干のようなものがあるようだ。朝のたわいもない夢想も、いわば海の満ち干につれてかすかに増減する岩のくぼみの水のようなものにちがいない。滑らかな仕事の流れに魅入られたように私は自分も機械になりたいと願い、やがてそんな願いも忘れてしまい、そして一年も過ぎると、私のうちにまた性懲りもなく夢想が満ちてきた。

だが私はもう新参者ではなかった。

ある朝のこと、例によって改札口の淀みから広いフロアーに流れ出て、いよいよ足を速めようとした私は、前方に三本並ぶ柱の右側の一本のまわりがこころもちすいているのに気がつき、真空の中へ吸いこまれていく塵粒のようにそちらへ道をとった。そしてその柱の根もとに一人の男がうずくまっているのを目にとめて、たちまちそのそばを通り過ぎた。

どうせ二日酔いの悪感が満員電車の人いきれの中でぶりかえしたのだろう。それをここまでどうにか持ちこたえてきたにはきたが、とうとうどうにも身動きがならなくなったにちがいない。身に覚えのないことではない。今の急行電車でやって来たのだとすると、最後の停車駅を出てからでも十五分、それに今日はいつもより混雑がひどくて改札口の密集を抜けてここに来るまで結構かかっている。二日酔いの身になってみれば、これは大した忍耐だ。まわりにすまなそうに小さくうずくまっている逞しい体がわなわなと小刻みに震えて、内側からゆっくり吐気の上げてくる気配が背中に感じられた。両手が大理石の柱をひしひしとつかもうとして、その滑らかな表面でどうしてもとまらずにいるそのさまが、気の毒にも滑稽で深刻な効果を出してしまっている。しかし、おもむろにこみ上げてくる嘔吐の苦しみにぼうっと霞む彼の眼には、われわれがどんな風に映っているのだろう、と私はふと考えた。ことによると、われわれの脚はごうごうと地を駆る林のように見えているのかもしれない……。

その時、私は《これがパニックだな》とつぶやいた。そして自分の言ったことが、わからなかった。

いったい、私は何を見たのだろう。心ならずもまわりの交通のささやかな障害物となって、柱の根もとにひっそりとうずくまっている男を、私は見た。そしてその体を細かく揺すぶって、内側から徐々にこみ上げてくるものがあった。吐気は満ちに満ちきると、ふと快感とも悪感ともつかぬ異様な感じとなって深い静けさを内側に広げ、やがてその静けさの遥か底のほうからゆっくりと、まるで大きなやさしい魚のように、窒息感が浮び上がってくる。そしてみぞおちがきゅっと締って、周囲への緊張が細かく砕け、さわさわと雪のように降りはじめる。と、その時、あまりにも赤裸な孤独のまわりを、ごうごうと地を揺るがして走るものがある。

そして私は柱をこころもち迂回して通り過ぎる人たちの顔にかすかな嫌悪と同情の走ったのを見てとった。哀れにも雑踏の中で、おのれの苦しみに手もなく耽りこんでしまった男の姿を、彼らは目にした。それは今この瞬間、彼らのもっともなりたくない存在だった。しかしその存在は同じ瞬間、まわりの雑踏の静かな中心点となり、そして足速やに歩み去っていく彼らの存在感を、すうっと後方へ吸い取っていく。すると、彼らは柱の根もとにうずくまり、つかのま、あまりにもあらわな、あまりにもいたいけな自我感に耽っている自分を思い浮べる。そしてうずくまりこむ自分のまわりを恐ろしい殺到がごうごうと駆けて行くのをぼんやりと感じる。自分自身がその一人である群衆の殺到を、自分自身の内側から、不安な気持で見まもる……。

私はこれらすべてを一時に見て、《これが先導獣だな》とつぶやいた。

それから二ヵ月ほどたったある夜のこと、公園から街へ流れ出ようとした学生のデモ隊が公園前の大通りで機動隊とひとしきりもみあって、またいつものように公園の中へ押し返されたその後、私は道路に昏倒しているところを警察に保護された。学生たちがいきなり変なところから溢れ出てきたので、たまたまそこを通りかかった人間が十人ほども渦の中へ巻きこまれたほどだったから、私一人がとくにぼんくらだったわけではなかった。ただ私はようやく仕事を片づけていくらか虚脱状態にあった。それに、あんな用もないところを歩いていたところを見ると、宵の口からもうかなり酔っていたようだった。とにかく、道路で寝そべっていたのは、学生にも通行人にも、私一人しかなかった。

はじめ警察は私が煽動者たちの一人ではないかと、かすかな疑いを抱いたようだった。なんでも、学生たちの中に背広姿の大男が一人いて、ときおり若い姿の間からぬうっと全身を現わしてはプラカードを頭の上で水車のように振り回し、道路を渡りかけて何とはなしにためらい出した学生たちを、「渡れ、渡れ」とけしかけていた。それがどことなく私に似ていたと、ある若い機動隊員が言ったのだそうだ。私が大男ではないことに、警察がすぐさま気づいてくれたのは幸いだった。それでも、あるいは背後関係の糸口でもと欲を出した警察は、翌日いちおう私の身許調査をしたらしいが、それらしい気配の出てくるはずもなかった。警察が私の会社まで行ったのか、そんな嫌疑が私にかかっていることを知った同僚たちは、嬉しそうな顔をうち揃えて病院にやって来て、私の武勇を口々に讃めたたえた。課長までがマルクス・レーニン主義云々と冗談口を叩いて帰っていった。それはつまり、会社のことは心配するなという意《こころ》だった。私にしても、事故にあったとしか考えていなかった。だがときおり私はあの若い機動隊員のことを思い浮べた。もちろん私は大男ではない。それに、私はどこからどう見ても大学出の凡庸な小市民の人相であり、昏倒していた間だって、それには変りなかったはずである。だが、まさにそんな姿を、彼はあの煽動者のうちに見たと思ったのだ。そして私が大男でないことは見ればわかるのに、それなのに《似ている》と上司の前で言ったのだ。

私は学生たちにひどく小突きまわされたのを覚えている。手もなく翻弄されている姿は、遠くからは、ときとして誇らかに叱咤している姿に見えるものだ。それに、泡を喰ってよろけまわっている善良な市民の手にプラカードを握らせるというのは、これはなかなか素晴しい余興である。そして最後に私はみぞおちをキュッと衝かれて気が遠くなった。これも学生の仕業だったと思う。私が学生であって、善良なる市民が迂闊にも渦に巻きこまれてきて思いきりの悪い骸骨踊りをやっているのを見たとしたら、私だってやはりそうしただろう。無理もないことだと思う。あのとき、私は群というものの恐ろしさをびりびりと肌で感じとりはしたが、学生たちに対しては、何の怒りも感じなかった。ただ私のまわりでいかにも善良そうな、いかにも思いの凡庸そうな、そして結局は幸福になれそうな若い顔が、警察車のライトの中にぽかりぽかりと浮ぶたびに、私は無性に哀しくなったものだった。《君たちも、こいつは勝てないや。だって、こうやって暴れていても、それがそっくりそのまま、今の世にかなっているんだもの……》と私は心の底でつぶやいていたものだった。してみると、私はやはりかなり酔っていたのだ。酔うと物狂わしくなるというのは、これは嘘である。酔うほどに当人の心はいよいよ冷ややかに静まりかえっていき、それにつれてまわりが物狂わしくなっていくものなのだ。

だがあの機動隊員はおそらく今でもあの印象を拭いきれないでいるだろう。おそらく若いなりに沢山の体験が積りに積って、そんな錯覚を生み出したのだ。とすれば、それはもはや必ずしも錯覚ではなくて、私があの大男だった、と言って言えないでもないのだ。そう思うと、私はベッドの中でひとり静かに横たわりながら、自分という存在が病院の薄汚れたガラス窓を通り抜けて、家々の屋根を乗り越えて、遠くから聞こえる商店街のスピーカーの声とともに、表通りに広がっていくような気持になる。しかしあの事故が私の中に惹き起した変化といえば、この奇妙な拡散の感覚だけである。しかしそのおかげで、私はいくらか変わってしまったように思う。私にとって、自分の内と外の区別が以前ほど定かではなくなってしまった。現に今こうしておもてでひっきりなしに降る雨の音につつまれて仰向けに寝ていると、私はまるで自分が無数の雨粒となって汚水の中へ落ちていくような、そんな感じにすうっと陥っていく。おもてで俺が降っている、とつぶやきはじめれば、これはもう立派な狂気であり、病院をかえなくてはならない。

そしてある夕方、静かなノックがして、蒼白い雨の午後の光の中に、あの先輩が幽霊のように立った。この人までがやって来るとは驚きだった。どうせ、皆が行ったからには自分も行かなくてはなるまい、と思って来たのだろう。それでは、彼もまた皆と同様に、私の武勇伝について軽口を叩くのだろうかと、私はいくらか眉をひそめるような気持になった。ところが彼は私に近寄るや、「困ったことになりましたねえ……」と言ってベッドのそばの椅子に腰を下ろし、それからもう一度「ほんとに、君、困ったことにね……」とつぶやくと、まるで自分自身のことのように頭を抱えこんでしまい、夏至にまもない雨の日が室の内側からようやく暮れはじめた頃になっても、まだ黙って坐りついていた。

サボテンの花

宮部みゆき

宮部みゆき（みやべ・みゆき）

一九六〇年、東京都生まれ。八七年、「我らが隣人の犯罪」でオール讀物推理小説新人賞を受賞し、デビュー。九二年『龍は眠る』で日本推理作家協会賞長編部門、同年『本所深川ふしぎ草紙』で吉川英治文学新人賞、九三年『火車』で山本周五郎賞、九七年『蒲生邸事件』で日本SF大賞、九九年『理由』で直木賞、〇七年『名もなき毒』で吉川英治文学賞受賞。他受賞歴・著作多数。

1

「やめさせてください」

若い教師はぐいと肩を張り、両足をふんばって勧告した。こめかみがピクピクしている。

「ぜひとも、なんとしても、断固、あれをやめさせてください。さもなければやめさせてください」

権藤《ごんどう》教頭は、机の上の書類ばさみをなんとなくいじりながら、考えた。止めさせてください、と、辞めさせてください、か。そこで言った。

「宮崎先生、あなたは、今おっしゃった言葉を漢字で正確に書くことができますか」

沸き立つ怒りという熱湯に水をさされて、宮崎教師はまばたきをした。ビックリ水というやつだ。権藤教頭は思った。中華そばをゆでるときには途中でさし水することを忘れてはいけない。そのあともうひと煮立ちさせたら火を止めるのがコツだ。

だが、宮崎教師は中華そばではない。怒りはまたふつふつと沸き上がり、止まらなかった。吹きこぼれてきた。

「教頭は私を馬鹿にしている」と、拳《こぶし》を握る。本当に顔が紅潮している。

「そんなことはありません。気に障ったなら申し訳ない。私はこのところ、子供たちの書き取りの成績の低下に頭を痛めているので、つい口に出してしまったのです」

丁寧に申し述べる。宮崎教師の憤激《ふんげき》はだらだら坂を描いて降下していくが、態度は硬化したままだ。「降下」と「硬化」。なるほど。

権藤教頭が今言ったことは、百パーセント真実ではないにしても、まったくの嘘でもなかった。教頭は現実に、宮崎教師のクラスで起きた書き取り事件を思い出していたのである。

二学期最後の国語の授業のときだから、一カ月ほど前のことだ。宮崎教師は、彼の担任する六年一組の子供たちに対して、同音異義語のテストを執り行なった。問いは十二問。ひらがなで読みを書かれている言葉に漢字を当てていくというもので、その読みに該当する同音異義語の数は、あらかじめ問いの下に数字で示してある。だから子供たちは、同音異義語を正しく漢字で書き取ることができるという前に、まずそれだけの数の同音異義語を知り、記憶していないと、満点は取れない。

問題になったのは、そのなかの一つ、「こうがい」だった。この問いの下には、同音異義語の数は十個あると示してあり、例として「慷慨」が挙げてあった。つまり、子供たちはあと九つを考えなければならないわけである。もちろん、辞書を使ってはいけない。

「公害」と「郊外」。ここまでは、クラスの八割の子供がクリアした。「口外」までとなると、六割に落ちた。さらに「校外」「鉱害」「構外」まで六つをうめることのできた子供となると、二十六人中十二人になった。それだけでも権藤教頭はおどろいたものだが、あと二つ、「梗概」と「口蓋」までクリアした子供が一人いたことを知って、今度は素朴に感心した。

しかし、これではあと一つ足りない。その最後の一つに、六年一組の子供たちは、文字どおり頭をひねったにちがいなかった。白状すれば、権藤教頭も懸命に考えて、とうとうそらでは思いつくことができなかったのだ。

六年一組に、満点の子供はいなかった。宮崎教師は、解答と採点したテスト用紙を配りながら、子供たちを罵倒《ばとう》した——という（「罵倒」という表現は、あとで六年一組の子供の一人が使った言葉だ。権藤教頭は、この子たちのボキャブラリーの豊かさに、また感心させられた）。

「こうがい」の最後の一つは、「蝗害」だったのだ。つまり、イナゴの害のことである。もう一度白状すると、そのことを確認するのに、教頭は辞書をひいた。

このテストのあと、子供たちは即座にブーイングを始めた。サヨナラ押し出しを演じたピッチャーに対するような、盛大にして一斉《いっせい》のそのブーブーは、百万のイナゴの大群の羽ばたきのように轟《とどろ》き、権藤教頭の耳にも届いた。

教頭の執務室で話し合いをしたとき、宮崎教師は言い切ったものだ。

「私は当然の学力を求めただけです」

「しかし、私も書けませんでしたよ。私も落第ですかな」

権藤教頭の問いに、宮崎教師は単語で答えた。すなわち、「ふん」。

あのときのことを思い出すと、権藤教頭はいささか気が重くなる。怒っている子供たちを――それも、きわめて筋の通った理由で怒っている子供たちをなだめるのは、大変な作業だった。

今度もまた、同じことをせにゃならんかな。いや、しかし――

書類ばさみを机に戻し、教頭はごつい手の指を組んだ。一年生と二年生の子供たちに、「きょうかいが、ありました」の指遊びを教えるときと同じような形に。子供たちに遊び歌や物語を語って聞かせることは、権藤教頭が特別に勝ち取ったカリキュラムなのだ。

「子供たちの好きにさせるわけにはいきませんかな」

「絶対に駄目です」宮崎教師は力みに力んだ。「断固、許しません」

「しかし、六年生の卒業研究の課題は、原則として自由なはずですよ」

「しかし、その課題が常識の範囲を逸脱していたら、話は別です」

教頭はため息した。「わかりました」と、きれいに禿《は》げ上がった頭のてっぺんを撫《な》でる。この頭と前歯に詰めた金歯とで、子供たちから「ナマハゲ」の異名をちょうだいしている。

「私が行って、子供たちに話してみましょう」

教頭の執務室を出て、廊下を左に折れる。六年生の教室がある三階まで、とぼとぼと階段をあがる。昨年建て直されたばかりのこの学校は、階段の傾斜も緩く、壁紙は明るいパステル・カラーで、廊下の一部は寄木細工になっている。小学校というよりは児童会館のようだ。権藤教頭の二十五年間の教職生活は、あと二カ月で、このつくりもののようにきれいな学校において終焉《しゅうえん》を迎えることになっていた。定年退職するのだ。

恒例の六年生の卒業研究発表会は、卒業式の前日に行なわれることになっている。

今年の卒業生のそれは、権藤教頭にとっても最後のものになる。

三階への最後の一段を、よっこらしょとあがる。授業のために教室に行くとき、息が切れるようになったら引退の潮時だ。先輩教師の言葉を思い出した。

「ナマハゲがきたぞ!」

偵察部員が叫んで、曲がり角にパッと、子供の影がよぎる。白い上履きの端っこと赤いソックスが見えた。今朝あのソックスを履いていたのは石田昭だったはずだ。

ざわめいていた六年一組は、権藤教頭が教室のドアに手をかけた途端、待っていたように静かになった。教頭はドアを開けた。

二十六人の子供たちは——男子十四名、女子十二名——またたきもせずに教頭に注目していた。子供独特の青白い白目と大きすぎる黒い瞳が二十六対、敏感なレーダーのように「ナマハゲ」の登場を見守っている。

そして、二十六人の子供の二十六個の机の上には、それぞれ一つずつ、宮崎教師が「あれ」と呼び捨てた代物《しろもの》が静かに居座っていた。静かなのはそれが植物だからであり、居座っているのはそれが鉢植えだからである。一風変わった長い葉には刺《とげ》があり、濃い緑色をしている。花はついていない。

「教頭先生」

窓際の最前列で男子生徒が一人、立ち上がった。稲川《いながわ》信一。教頭の記憶するかぎり六年一組で一番成績のいい子供であり、かつ、欠席日数の多い子供でもあった。といって、別に病弱なのではない。欠席の理由をきいてみると、「昨夜から読んでいる本がとても面白かったから、一気に読みたかった」とか、「登校しようと思って歩いていたら、あんまりいい天気だったから、教室にいるのがモッタイナイと思ってしまった」などと返事をする。

それでいて、「梗概」と「口蓋」を書くことができたのもこの子だった。

「教頭先生、僕たち、どうしてもやりたいんです」

信一の言葉に、残り二十五人の小さな頭がうなずいた。彼の頭ほどの大きさがある鉢植えを抱き、信一は宣言した。

「だって、サボテンには本当に超能力があるんです」

2

その晩、権藤教頭はバーボンを一本さげて、秋山徹《とおる》のアパートを訪ねた。

「オールド・クロウですか。へえ、うれしいな」

徹は、教頭よりも瓶のラベルを先に見て、歓迎の顔をした。

「酒屋でおまけにもらったグラスで飲むんじゃ申し訳ないかな」

「かまうものか。いい酒はどんぶりで飲んだっていい酒だ」

六畳一間の部屋で、それぞれ書棚と机の足によりかかり、しばらくのあいだ、二人は黙々と心楽しく飲んだ。

「君、この正月は故郷に帰ったか」

「ええ、帰りました」

「越乃寒梅《こしのかんばい》は飲めたか。このごろでは、地元でも手に入りにくいそうだが」

「残念ながら」徹はちっとも残念そうではない顔で答えた。「今度ぜひ、策を練って二人で飲みに行きましょう」

「それがいい」権藤教頭はにっこりした。

瓶の中味が三分の一ほど減ったとき、教頭はようやく、今日の出来事を話し始めた。

「こんな贅沢《ぜいたく》をさせてくれるには何か理由があると思ってはいたんだけど」と、徹は頭のうしろをかいた。「また、えらくやっかいなことを始めましたね、六年一組の子供たちは」

「そのこと自体は、別にやっかいなことではないのだよ」教頭はグラスの底をのぞきこみながら言った。「要は、教師たちが騒ぎすぎるということなのだ」

「子供たちに、考え直すように話してみましたか？」

「サボテンの超能力を研究することが卒業研究にふさわしいと思っているかどうか、それは尋ねてみたよ」

「なんて言ってました？」

「異生物体とのコミュニケートを試みることは、人類全体として意義のあることだと思うと答えた」

「それ、山本直美でしょう？」徹はにやにやした。「あの女の子の将来の夢は『女史』と呼ばれることだそうですよ」

「どうするべきだと思うかね」景気よく瓶を逆さまにしながら、権藤教頭は言った。

徹は自分のグラスを瓶の口のところに差し出した。

「先生の思ったとおりにされたらいいんですよ。今までそうしてきたように」

ほっそりした指で眼鏡を押しあげると、観察するようにじっと教頭を見る。

「先生の口から、『どうしたらいい』なんてセリフが出るとは意外でしたよ。僕はてっきり、子供たちには好きなようにさせてやりたいから、ほかの先生どもがぎゃあぎゃあ言ったときには、以前みたいに僕が子供たちをそそのかしたことにしてくれって頼まれるもんだと思っていました」

「それを頼みに来るなら、オールド・クロウじゃおっつかん。少なくともレミー・マルタングらいは持ってこんと」

「それと、今年のボジョレー・ヌーボーを解禁日に手に入れてくれるという約束と」

「君は酒なら何でも好きか」

「もちろん。先生と同じです」徹はちゃっかりと答え、一つ咳払《せきばら》いをしてから続けた。

「先生の夢は、この世に一つしかない酒。そんなものがもしあるなら、飲んでみたい」

それは、以前、六年生の子供たちに「わたしの夢」という題で作文を書かせたとき、権藤教頭が言ったことだった。子供たちは面白がったが、一部の教師や父母から、「教頭先生ともあろうものが、子供の前でなんて不謹慎なことを！」と、さんざんいじめられる原因となったセリフである。

「一組の子供たちから聞いたんだな」

権藤教頭は照れ笑いをした。

教頭とこの大学三年生が出会ったのも、やはり六年一組の子供たちの「蛮行」が原因だった。

去年の五月、学校からバスで二十分ほどのところに、都立の大きな植物園がオープンした。独立した施設としては日本一の規模のもので、熱帯、温帯、ツンドラ、砂漠、高山、その他さまざまな気候帯の植物を集めてある。中でも熱帯雨林をそのまま再現した大温室が自慢だ。教頭も出かけてみたことがあるが、入場料三百円也《なり》を払って、十分楽しんで帰ってくることができた。

この植物園のオープンの日は、平日だった。休日では、開園式でテープカットをする議員の都合でも悪かったのだろう。

そのこと自体はかまわない。問題だったのは、開園式の日は入場無料であるだけでなく、大温室のなかで熱帯果実が食べ放題だったことだ。

六年一組の子供たちは、このチャンスを見逃さなかった。彼らは朝、普通に登校し、一時限目が終わると、三グループに分かれて学校を脱走した。そして、開園のテープが切られるときから居合わせ、半日かけてゆっくりと、思う存分園内を見学してきた。もちろん、めずらしい果物で満腹することも忘れなかった。そして、六時限目が始まるころに、満足し切った顔で学校に戻ってきた。

二十六人の行方不明に、混乱、驚愕《きょうがく》、責任のなすりあいを演じていた学校関係者は、もちろん、戻ってきた子供たちの、「異次元にまぎれこんじゃったんだ、きっと」などという嘘にとりあったりはしなかった。追及が無駄なら、調査をした。そしてほどなく、子供たちが植物園に行っていた事実を突きとめた。

ところがそうなると、今度は別の疑問が生じてきたのだ。二十六人の子供たち。体格も顔つきも色々だが、子供であることには変わりない。そんな子供たちが、当然学校にいるべき平日の昼間、開園式にやって来た大勢の大人たちにまぎれて、どうして何一つ疑われることもとがめられることもなく、悠々としていられたのだろう？

その答えが、秋山徹だったのだ。権藤教頭は、事件のほとぼりがさめたころ、ひとつの謎《なぞ》として非常に興味がある、どこにももらさないから教えてくれと頼んで、内心では秘密を話したくてうずうずしていた女の子二人から聞き出すことに成功したのだった。

子供たちは、都内のいくつかの大学に足を運び、厳正な審査の結果、秋山徹をスカウトしてきたのだった。引率者になってもらうためにである。

「愉快でしたよ」

真相を知った権藤教頭が会いに行ったとき、徹は楽しそうに言った。「僕は教師になるつもりはないけれど、あの子たちを連れて、担任の教師の顔をして、旗を振って歩くのは実に有意義な経験でした」

「子供たちはどうして君を選んだのだろう」

教頭が問うと、彼は肩をすくめた。

「僕も興味があったんできいてみたら、稲川信一って子が教えてくれました。あの子がリーダー格なんですね。まず第一に、僕には彼女がいそうに見えなかったってこと。女性は保守的でそのうえおしゃべりだから、こんな話を耳に入れたら絶対にバラされちゃうからだそうですよ。それと、僕がいかにも気が弱そうに見えたからだってね。最近の先生は、そんなにおどおどしてるんですか?」

「うむ。いろいろと怯《おび》える原因が多いからね」

教頭は答え、それから大いに笑い、徹を連れ出してしこたま飲んだ。そしてその週の日曜日、一組の子供たち全員を自宅に呼んで、ご自慢の手製の中華そばをふるまった。トリガラでだしをとるところから始める本格派で、子供たちは盛大に楽しんだ。

「それにしてもあの子たち、サボテンのどんな超能力を研究するつもりなんですかね?」

めいめいのグラスに氷を足しながら、徹が面白そうにきいた。

「私にもよく分からん。予知能力とか透視とか言っていたが」

「へえ……そりゃまたすごい。子供は超能力が好きですけどね。僕らのころにはスプーン曲げが大流行したものです」

「サボテンがスプーンを曲げたってありがたくもあるまい」徹は大声で笑った。「そりゃそうです。でも、サボテンには感情があって、人間の言葉や音楽を理解するという話は、僕も聞いたことがありますよ」

「面妖《めんよう》な話だ」教頭は渋い顔をしたが、それでふと、思い出した。つぶやいてみた。

「僕たちはサボテンだ」

「はあ?」

「植物園見学事件の騒ぎのとき、稲川信一が私に言ったんだよ。僕たちみんなサボテンですって」

「あの子たち、そんなにトゲトゲしていますか?」

「いや、そうじゃない」教頭は考え込みながら顎《あご》をなでた。そして思わず微笑《ほほえ》んだ。

「誰にも剪定《せんてい》されないからだそうだ」

「そりゃいいですね。ふうん」

徹は遠くを見るような目をしてにこにこしていたが、やがて、グラスを片手にちょっと首をひねった。

「でも、話を聞いた限りでは、今回あの子たちが研究しようとしているその鉢植えは、本当はサボテンじゃないかもしれないですよ。長い刺《とげ》とげのついた葉があるんでしょう?」

「そうだよ。そして砂漠にはえている」

「砂漠の植物が全部サボテンというわけじゃありませんよ。僕にはそれ、どちらかというと竜舌蘭《りゅうぜつらん》のような気がするな」

権藤教頭はぼんやりと頰杖をついた。「なんにせよ、やりたいことをやらせてやりたいのだよ。子供は真剣なのだ」

「そうですよ。それが先生のいつもの方針じゃないですか。わざわざそれを僕に宣言しに来るなんて、今回はえらく弱気になったものですね」

「わからん」教頭はちょっと笑った。

「校長が何か言い出したんですか?」

「あの人はあっちこっちの会合や委員会活動に忙しくて、それどころじゃあないよ。来年定年退職したら、区議会議員に立候補するそうだ。そのためには色々と根回しが必要なんだろう。私とは大違いだよ。大したエネルギーだ」

「ほめられる話でもないと思いますけどね」

徹はあっさり言った。

「なんにせよ、定年間近になって、私の気力も磨《す》り減ってきてるんだよ。こんなに弱気になったのは、家内に先立たれたとき以来だ。だから、こうして君に向かって戦闘宣言をしに来たのだ。あの子たちがサボテンと仲良くするのをやめさせようと、すごい嵐が巻き起こることは目に見えているからね」

「がんばって下さい、おじいさん」

3

「嵐」どころではなかった。

翌日から巻き起こった騒動をそう表現するのは、チョモランマをさして高尾山と呼ぶようなものだった。権藤教頭は辞書をひき、嵐よりさらに凄《すご》いものを言い表わす言葉を探してみたが、そのあいだも、執務室の椅子から吹っ飛ばされないように、しがみついていなければならなかった。

まず、宮崎教師が登校拒否を始めた。子供たちがあんなおかしなことを始めた以上、正常な教師である自分には扱いかねるというのがその言い分だった。

「好きなだけ頭を冷やしていなさい」

権藤教頭は、二十五年の教職生活で初めて、冷たい声を出した。相手はちょっと青くなり、退場する前に、権藤教頭がいつまでも教頭で、とうとう校長になれなかった原因について、自分には確固たる持論があるということをひとくさり述べていった。彼が出ていってしまったあと、教頭は空に向かって「ふん」と言った。それからぐっと背筋を伸ばし、

「私だってサボテンだ」と、厳《おごそ》かに宣言した。

だいぶ刺は抜けている。水分も減って、活力も失《う》せてきた。だがそれでもサボテンだ。剪定されることはない。

「もっとも、だからとうとう床の間に飾られることがなかったんだろうがな」と、付け加えて、寂しく笑った。

ほかの教師たちからの突き上げも激しかった。ただ、その理由は宮崎教師とは違う。一組のような研究テーマを認めると、ほかのクラスに対して示しがつかないというのだ。なるほど、ほかのクラスでは、「漢字伝来の歴史」とか、「日本の方言地図」とか、「各地に残る縄文時代の遺跡」などなど、誰かの顔色を窺《うかが》う必要がない限り、千年たっても子供が自発的にとりあげるはずのないテーマが並んでいる。

「それなら、あなたたちのクラスの児童にも、本当に興味のあるテーマを自由にとり

あげなさいと言ってやったらいかがです」

教頭の回答に、教務主任の女性教師が眉毛をつり上げて答えた。

「この自由研究はお遊びではありません。最優秀作は都のコンクールにも出品されるのです。学校の名誉と私たちの評判がかかっているんですのよ」

教頭は宮崎教師の真似をして鼻であしらった。そして、興奮した女性教師にひっかかれないうちに、さっさと執務室を退散した。その夜は、厄払いに焼酎《しょうちゅう》「鬼ごろし」を飲んで早々と寝てしまった。

父母との戦争も深刻なものだった。なかには、興味をもってこの件を見守っている父母もいたが、それはごくごく少数派だ。大多数は、妙な自由研究をやらせることに、または何の手を打つこともせずに職場放棄した宮崎教師に、あるいはその両方に腹を立てている。権藤教頭は説明会を設け、三学期の授業は自分が受け持つこと、自由研究は子供たちの意志を尊重してやらせるところに意義があるのだということを、繰り返し辛抱強く説明した。

唯一の救いは、六年一組の子供たちも、各家庭でそれぞれ戦いを続け、頑張っていることだった。大人も手強《てごわ》いが、子供たちの結束も決心も固かった。

そんなふうに権藤教頭が苦心している間、六年一組の子供たちは、これといって変わった様子もなく、毎日登校してきていた。二十六個の鉢植えも、学校から姿を消していた。

「どこで研究しているのだろうね？」

事件が始まって一週間ほどして、胡麻《ごま》焼酎を持って徹を訪ねたとき、教頭はその疑問を口にした。

「あの子たち、忍者のようにひっそりとしているのだよ」

「それじゃひとつ、僕が乗り出すとしますか」徹は請負った。「誰かをつかまえて、こっそりきいてみますよ。ついでに研究の進み具合も見てきましょう」

「うまくいっているといいが」

「あの子たちのサボテンが株の相場を予言できるようになっていたらすごいですよ。ところで、これ、いけますね。香りがいい」と、胡麻焼酎のグラスをあげた。

約束に違《たが》わず、それから三日ほどして、徹は連絡してきた。子供たちの研究室が分かったという。

「稲川信一の家です。彼に会ってきました。すごく順調に進んでいるそうですよ」

信一の家は鉄筋三階建のこぢんまりしたビルで、一階を住いに、二、三階をひとに貸している。半地下に駐車場があって、ここも貸している。どうやら子供たちは、そこで研究を進めているらしい。

「昼間は車も出払って駐車場はガラ空きですから、みんなが入れるくらいの広さがあるんですよ」

「君、中を見てきたのかね」

「残念ながら入れてはくれませんでした。ただあの子たち、サボテンのためにちょっとした温室までこさえているようですよ。湿気と熱気がすごかったし、信一君は半袖で汗をかいていましたから」

毎日の冷戦のなかで、このニュースは教頭を喜ばせた。どんな研究にしろ、進んでいるならうれしいことだ。それに、興味もわいてきた。

ところが、それから二週間ほどして、権藤教頭の個人戦に極めて不利な事態が持ち上がってしまったのである。

4

「子供たちが錯乱してる？」

連絡を受けて執務室に飛び込んできた女性教師の言葉に、権藤教頭は目をむいた。

そのときは、理科の教師がいて、最近起きた実験室の盗難事件の話をしていた。フラスコが二つとバーナーが一つ、いつのまにか無くなっていたというのだ。だが、あまり驚いたので、そんなことなど教師の頭からすっとんでしまった。

「そうです。わけのわからない大声をあげながら、飛んだり跳ねたりしているそうです。しかも、周りに蚊取り線香を山ほど焚《た》いて」

「蚊取り線香ですと？」

動転しながらも、女性教師は教頭の反応を見ているようだった。目が意地悪く笑っている。

「どうなさいます？」

「ともかく、すぐ行ってみましょう。場所はどこです」

「稲川信一の自宅です」

校庭を走り抜けてタクシーを拾い、信一の家につくまで二十分ほどかかった。教頭にはそれが一時間にも思えた。

車を降りると、信一の家を背中に、三十代ぐらいの女性が一人、いらいらした様子で待っていた。教頭たちのほうに走ってくると、飛びつかんばかりの勢いで言った。

「先生方ですか？　私、お電話した者です。ここの三階を借りて住んでまして、今日はちょっと急用があって地下の物置きに降りていったら、駐車場で稲川さんのお子さんたちを見かけたもので」

そして、建物に走っていこうとする教頭の袖をつかんで止めた。「駄目ですよ。あの子たち、鍵をかけちゃったんです」

「鍵を？　それでまだ騒いでいるんでしょう？」

「今は分かりませんけど、私が見たときは、そりゃもう」女性は青ざめた顔で大きくうなずいた。「気が狂ったみたいな騒ぎぶりでしたよ。プールに足を突っ込んで」

「プール？」教頭は仰天した。

「ええ。小さい子供の使う水浴びプールですよ。ビニールの。あのなかに五、六人の子供が入って、飛んだり跳ねたりしてるんです。周りにも子供たちがいて、やいやいはやしているんです。おまけに蚊取り線香をうんと焚いて、煙はすごいし変な臭いはするし」

女性教師はじろりと教頭を見た。

「子供は暗示にかかりやすいものです。超能力なんてものに夢中になったせいで、一時的に集団ヒステリー状態になったにちがいありませんわ」

教頭は背中がヒヤリとした。

「ともかく、なんとか説き伏せて鍵を開けさせなくては」

そのとき、問題のドアが開いて、信一が出てきた。動作はゆっくりとしていて、ヒステリーでもなんでもない。唖然《あぜん》としている教頭たちに気づくと、にっこり笑って頭を下げた。

女性教師を先に帰したあと、権藤教頭は一人、現場に残って信一と話をした。彼は一人で駐車場の掃除をしていたのだ、という。

その駐車場のなかものぞいてみた。別に、これといって怪しいところはなかった。コンクリートの床はきれいに掃除され、水がまいてある。ビニールの水浴びプールなどどこにも見えなかった。

ただ、蚊取り線香の臭いだけは漂っている。

「なんでまた、こんなところで蚊取り線香など焚いたんだね？」

信一は素直に返事をした。「駐車場の掃除をしていると、よく蚊にくわれるんです。ここは暗くてあったかいから、冬でも蚊がいるんですね」

どことなく、信一がなにか隠しているという気はした。が、教頭は追及しなかった。この子は、もしなにか危ないことになっているなら、それを隠すような子ではない。

だから、この子がなにも言わないなら、強《し》いて尋ねることもないと思う。

「自由研究すすんでいるかね？」それだけはきいてみた。少年はうれしそうに、こっくりした。

「とっても順調です。研究発表会を楽しみにしていてください」

「もちろんだよ」そう答えてから、教頭は小さく付け足した。

「風邪をひかないように、シャツを着替えなさい」

信一が、真冬だというのにずいぶんと汗をかいていたからだ。ちょうど——うんと飛んだり跳ねたりしたあとのように。

子供と別れ、駐車場から表の道路に上がって来ると、だいぶくたびれた愛車に寄りかかって、秋山徹がにこにこしていた。

「君がどうしてここにいるんだ」

徹は周囲を見回し、誰もいないことを確かめてから、声をひそめて返事をした。

「僕があの子たちを逃がしたからですよ」

教頭は、今日何度目になるか分からないが、目をむいた。

「私は出目《でめ》になってしまいそうだ」額をさすってつぶやいた。「君はいつからここにいたのだ」

「あの女の人が電話をかけに行ったのと入れ違いに着いたんです。子供たちはあわてでました。で、僕は救援隊になったんです」

「あわててた？　じゃ、あの人の言っていたことは本当なのかね？　子供たちは本当に飛んだり跳ねたりしていたのかね？」

「明白に」徹は答えた。「もちろん、プールもありました。だけど大丈夫、あの子たちは集団ヒステリーなんかにかかっちゃいませんよ」

教頭は、信一が出てきたドアを見やった。いったい、あの中で、サボテン相手にどんな実験をしているというのだろう。

徹はのんきに言った。

「発表会が楽しみですね。サボテンの超能力、本物だったらすごい話だ」

5

卒業研究発表会の当日がやってきた。

六年一組の発表は、くじびきでしんがりと決まっていた。権藤教頭は、会場の講堂に集まった父母や教師たちの冷たい視線を感じ、時々ネクタイをゆるめながら、子供たちの発表を鑑賞した。

一組の番がくると、まず、列のなかから稲川信一が立ち上がった。手にはあの鉢植えが、大切そうに抱えられている。

信一は、落ちついた足取りで舞台に上がっていく。演台の上に鉢植えを置くと、マイクの位置を直し、ゆっくりと口を切った。

「僕たち一組は、ある種類の植物とコミュニケートするという研究を行ないました」

ぐるりと聴衆を見回す。みんなじっと、続きを待っている。一組の子供たちも待機している。権藤教頭は、ポケットのハンカチを出して額をぬぐった。

「対象となったのは、この鉢植えです。これは、メキシコなどの砂漠地帯にはえている竜舌蘭の一種です。僕たちはこれとコミュニケートすることに成功し、この植物がいわゆる透視力とテレパシーを持っていることを発見しました。これから、それを証明する実験をお見せしたいと思います」

会場がざわめいた。教頭はごくりと唾《つば》をのんだ。

一組の子供たちが、自分たちの席を離れ、会場のなかに散った。それぞれ手に小さな白紙と鉛筆を持っている。信一が説明した。

「これから、僕たち一組の生徒二十五人が、会場のなかから適当に選んだ方に、紙と鉛筆を渡します。渡された方は、その紙に何か一つ、質問を書いてください、なんでもいいです。但《ただ》し、中味は絶対に見えないように注意してください。そして、書き終えたら、それを渡した一組の生徒に返してください」

子供たちが動きだし、紙と鉛筆が渡された。会場を見回した権藤教頭は、「女史」の山本直美が、後ろのほうに座っていた秋山徹に紙を手渡すのに気がついた。徹が直美に紙を返すところまで、教頭はじっと見ていた。すると、徹と目があった。彼は会釈《えしやく》し、微笑した。

驚いたことに、紙切れの一枚は権藤教頭のところにも回ってきた。書き終えると、赤いソックスの石田昭が、生真面目《きまじめ》な顔で受け取った。

「それでは、一組のみんなは、集まった紙を僕のところまで持ってきてください」

言われたとおりに、子供たちは舞台に上がり、順番に、信一に紙切れを渡した。二十五枚集まると、信一はそれをきれいにそろえ、演台の鉢植えの脇に置いた。

「ではいよいよ、透視力の実験に移ります。理屈は簡単です。今この場で、適当に選んだ人に、何の準備もしないで書いていただいた質問を、この鉢植えが読み取ります。そしてそれを、テレパシーで僕に伝えるんです」

会場でさまざまな声が起こった。立ち上がる父母もいた。

「どうぞ席に戻ってください」信一は落ちついていた。「そして、鉢植えと僕が質問を読み取ったら、そのときは、その質問をした方が立ち上がって、当たっているかどうかを教えてください」

信一はまず、一番上になっている紙切れを、そっと取り出した。そして、鉢植えの下に置くと、自分は緑色の葉に手を触れ、目をつぶった。

信一が沈思黙考している間、山本直美が聴衆に向かって言った。

「私たちは、一人に一つずつ、あれと同じ鉢植えを買いました。そして、一人ずつ、自分の鉢植えとテレパシー交信できるかどうか実験してみました。そして最後に、稲川君とあの鉢植えが一番テレパシーが強いことが分かったんです」

沈黙。権藤教頭は、たまらなくなって空咳《からせき》をした。

「分かりました」信一が顔を上げた。鉢植えから手を離す。「皆さんのなかで、今年ジャイアンツが優勝するかどうか知りたいと書いた方はどなたですか?」

聴衆は辺りを見回す。ざわめきのなかで、頭をかきながら、秋山徹が立ち上がった。

「間違いありませんか?」

「うん、あっているよ」徹は答えた。「本当にそう書きましたよ」

信一は、鉢植えの下から紙を取り出した。広げて読む。うなずく。

「そうですね。あっていました。どうもありがとうございました。では、次にいきます」

また同じ手順が繰り返され、信一は言った。

「来週の日曜日、家族で箱根に行くので、あちらの方面の天気が分かればいいと思っているのはどなたですか？」

ええー！　っと、手で口をおおいながら、中ほどに座っていた女性が立ち上がった。

「大地震は本当に来るのだろうかと書いた方はどなたでしたか」

「カタログ販売で注文したワゴンが郵送されてくる日付を知りたいのはどなたですか」

「公団住宅の抽選に当たるかどうか知りたい方は？」

「ご自分の靴のサイズを当てて下さいと書いた方はいますか？」

こうして、二十四問、質問を書いた人物が驚きながら、苦笑しながら、不思議がりながら立ち上がるという結果になった。

二十五問目が教頭の番だった。信一はすべすべした眉間《みけん》にしわを寄せ、じっと鉢植えに手を置いていた。やがて言った。

「僕たちもおんなじです」

教頭は、「君たちサボテンと別れるのはとっても寂しい」と書いたのだった。

「鉢植えは全《すべ》て正しく読み取り、僕にテレパシーで伝えてくれました。実験は成功です。植物には心があります。皆さん、植物を大切にしてください」

信一は舞台を降りた。拍手が起こった。


徹が訪ねてきたのは、卒業式から一週間後のことだった。

「隠居はいかがですか、先生」

一人暮らしには広い家に、権藤教頭は――もう、教頭でも先生でもなくなったのだが――ぽつりと暮らしている。このところは本やアルバムの整理をして過ごしていた。

「僕、今日は配達に来たんです」

徹は言って、小包を差し出した。薄茶色の防水紙で包み、麻紐《あさひも》で括《くく》って、たどたどしい花結びにした赤いリボンをかけてある。開けてみると、日本酒の五合瓶の箱が出てきた。

「今日は和風にいこうというわけか」教頭は言ったが、彼は首を横に振った。

「まあ、まずその手紙を読んでみてください」

なるほど、箱と一緒に手紙が一通入っている。薄いブルーの封筒に、揃《そろ》いの便箋だった。文面は短かった。

「ナマハゲサボテン先生、校長先生にならないでいてくれてどうもありがとう」

その下に、「六年一組生徒一同」とある。

権藤教頭は、手紙を三度読んだ。それから目を上げて酒の瓶を見、徹の顔を見やった。彼は顔いっぱいに笑って言った。

「植物のテレパシーなんて、嘘っぱちなんですよ。発表会の日に一組の子供たちがやったことは、トリックだったんです」

「あの透視術が？」教頭はぽかんと口を開いた。

「あのトリックは、会場にサクラが一人いれば簡単にできるものなんですよ。あの日は、僕がサクラをしてたんです。楽しかったな」

「どうやったんだ？　紙切れに質問を書いた人たちはみんな、本当に驚いていた。私だってびっくりしたよ」

「あたりまえのことをしただけですよ。質問を書いた紙を読んで、その内容を答えたんです」

「しかし……」

「信一君は紙の内容を見なかった。鉢植えの下に伏せておきましたからね。読んだのは、答えを当てたあとのことだ。でもそれは、そう見せかけただけのことなんですよ。実際には、質問を当てるふりをするその前に、紙を読んでしまっていたんです」

会場で質問を書かせ、その紙を回収して演台に運ぶ。そのとき、サクラの書いた紙を一番下にしておく。そして、言葉では、事前に打ち合わせして分かっていた、サクラの質問を口にするのだ。

その質問は、もちろん当たっている。サクラは驚くふりをする。そして信一は、鉢植えの下から紙切れを取り出す。その紙切れは、集めて演台に置いたとき、一番上になっていたものだ。中味を読んで、サクラの書いた質問を確認するふりをする。だが実際には、そのとき読んでいる紙切れは、別の質問者の書いたものなのだ。そしてその内容が、次に透視で当てたようにして口にする内容なのである。

「そうやって、一つずつ前にずらして読んでいくことで、中味を伏せてある質問を当てたように見せかけるわけです。これはワン・アヘッド・システムと言って、奇術の基本的なトリックなんですよ」

教頭は、感心したり呆《あき》れたりした。やれやれ、とつぶやいた。

「あの子たち、そこまで手の込んだことをして、何が目的だったんだろう。ただみんなを驚かせたかっただけだろうか」

「違いますよ。これをつくりたかったんです。つくって先生にプレゼントすることが目的だったんですよ。それにはあの鉢植えがたくさん必要だったんだけど、ただ黙ってあんなものを買い集めたんじゃ、誰かが疑うかもしれませんからね。それで、超能力だなんて口実をつくったんです」

「しかし、これはいったいなんだね？」教頭は瓶を持ちあげた。

「テキーラですよ」徹は答えた。「竜舌蘭からつくる『火の酒』です」

座り込んだ教頭は、危うくその瓶を取り落としそうになった。

「子供たち、先生のおかげで、やりたいことができた。だから卒業研究で、先生にあげるものをつくろうと決めたんだそうです。で、お酒をね。あの子たち、先生の夢をちゃんと覚えていたんですよ」

この世に一つしかない酒だ。これはまさにそれだった。唯一無二の酒だった。

「あんな鉢植え、いったいどこで手に入れたのだ？」

「あの植物園ですよ。それで僕も思い出したんです。酒の原料になる植物を集めた『スピリッツ・オブ・スピリッツ』というコーナーがあって、いろいろな苗や鉢植えを置いていて、観賞用に販売してもいるんです。あの子たちはそれをもっと弾力的に利用することを考えたんですね」

「いやはや」教頭は手でつるりと顔を撫でた。「しかし、テキーラなんてそんなに簡単につくれるものかね？」

「それほどむずかしくはないんですよ。まず、竜舌蘭の塊茎《かいけい》をよく蒸します」

教頭は思い出した。子供たちの研究場所が、すごい熱気と湿気だったことを。

「そして次に、よくつぶして汁を集め、発酵させます」徹は苦笑した。「この『つぶす』ところで、あの子たち、ワインとごっちゃになったらしいですね」

水浴びプールに入って飛んだり跳ねたりしていた件だ。教頭は笑ってしまった。

「足でつぶしていたのか！」

「ええ。ちゃんと、きれいに足を洗ってからやっていましたよ」

「蚊取り線香はなんのためだったのかな」

「臭いで気づかれないようにするつもりだったらしいんですけど、逆効果だったと反省していました。あの事件でもう信一君の家は使えなくなったので、あとの蒸留の作業は僕のアパートでやりました」

教頭はぱっと目を見開いた。「ちょっと待ってくれよ。学校の理科実験室からフラスコがなくなったのは——」

「もう返してあるはずですよ」徹はにこにこした。「本当なら、これも直接渡しに来たかったそうです。でも、発表会のときのお芝居が、思ったよりも話題になって、しばらくほとぼりをさます必要ができちゃったんですよ」

「うん」教頭は頭をぬぐった。

「あ、そうだ。もう一つあるんです。忘れちゃいけない」

徹は庭を横切り、とめてある車に近寄っていった。窓から手を突っ込むと、あの鉢植えをつかんで取り出した。

「これ、信一君が持っていたものです。これだけはテキーラにしなかったから、ほら」

教頭は鉢植えを手にした。その不恰好《ぶかっこう》な葉のなかに、一つだけぽつり、赤い花がついている。

「竜舌蘭は、一生に一度しか花をつけないんだそうですよ」と、徹が言った。

権藤教頭は、じっと、テキーラを、花を、手紙を見つめた。

「校長先生にならないでいてくれて……ありがとう」

その文字がぼやけてしまって、しようがなかった。

編者あとがき――『小説の惑星　ノーザンブルーベリー篇』収録作品について

伊坂幸太郎

以下、この本に収録した作品やその作家について、選んだ理由や思い入れ、思い出のようなものを書いていきます。僕の思い込みや勘違い、読解力不足により、的外れなことを書いている可能性がありますので（自分の思い出話にすら記憶違いがありそうです）、あくまでも、伊坂幸太郎の頭の中ではこうなっているのだな、といった具合に受け止めていただけると助かります。

「賭けの天才」眉村卓

小学生のころ、国語の授業の際、「最近読んで面白かった本」を発表することになり、同級生が、眉村卓さんの『ねじれた町』のあらすじを発表したことがありました。

それが眉村さんの作品との出会いです。とにかくそのあらすじが興味深く、「そんなに奇妙な話があるのか」とすぐに買いに行き、夢中で読みました。以降、眉村卓さんの本を次々と読んでいきましたが、超能力や不思議な儀式、会社員を主人公としたSFといった要素を好きになったのは、眉村作品からの影響かもしれません。今回選んだショートショート「賭けの天才」は小学生で読んだきりではあったのですが、ずっと頭に残っている作品でした。最後の余韻と言いますか、「ああ、確かにそれは怖いな」と笑いつつも納得してしまうような読後感がとても好きです。

この小説の面白さは、その発想と描き方にあるかと思いますが、映像的に思えて実は映像的ではなく、展開や面白さの大半が、主人公の想像によるもので、やはりこれは、小説だからこそ有効に表現できたのではないでしょうか。僕がこれと同じようなお話を書くとすれば、この十倍くらいの分量を使い、切れ味は十分の一くらいになってしまう可能性が高いです。

「休憩時間」井伏鱒二

井伏鱒二さんの小説を初めて読んだのは、国語の教科書に掲載されていた「山椒魚」でした。悲しさとユーモアのいりまじった雰囲気は初めての味わいで、特に、絶望の中でぎりぎりの前向きさが見えるような、最後の文章が大好きでした。授業では、「のちに井伏鱒二さん自身が改稿で、その最後の文章を削除した」ことについても教えてもらいましたが、「あの大事な文をどうして！」と（声には出さなかったものの）憤った記憶があります。その後、自分も小説を書くようになり、一度出来上がった小説について書き直してしまうようになると、「井伏鱒二さんにも何か理由があったのだろうな」と思えるようにはなりました（とはいえ、やはりあの文章は大好きなので寂しい気持ちにはなりますし、僕にとっての「山椒魚」はあの文章が残っているバージョンなのですが）。

この「休憩時間」は、大人びているけれど社会人ではなく、反骨精神のようなものを抱いている、そういったモラトリアム時期の大学生たちの、講義室の中での休憩時間をスケッチした作品です。一人ずつ黒板の前に歩み出て、言いたいことを書いていくという状況が芝居じみていて、リアルなようでいて非現実的なコントのような印象を受けました。体制的なものに立ち向かう精神的な青くささが大好きだった上に、最後の若者が赤いチョークで書いたカタカナの一文が愉しくて仕方がなかったため、一読、「これは僕のための小説だ！」と宣言したくなるほど気に入りました。井伏鱒二さんの短編ではもう一つ、「ジョセフと女子大学生」もお気に入りで、真面目な主人公と姪の大学生とのやり取りが楽しく、さらには終盤のモナリザの絵に関するオチめいた部分で噴き出さずにはいられませんので、そちらも、もし機会があれば読んでいただけると嬉しいです。

「コカコーラ・レッスン」谷川俊太郎

谷川俊太郎さんといえばもちろん、言うまでもなく（改めて言うのが恥ずかしいほどの）素晴らしい詩人ですが、この、「コカコーラ・レッスン」は詩というよりは、小説のようで、もっといえば、いったい何に分類していいのか分からないような作品で、二十歳のころに初めて読んだ時も今も、「何なのだこれは」と唖然としてしまいます。

とある少年の脳内で起きた、「言葉」に対する発見が嵐のように描かれているのだと思いますが、このような人間の内面は言葉だからこそ表現できるものです。誰もがよく知る平易な言葉を使っているにもかかわらず、まったく見たことのない、宇宙的な光景が表現できることに驚かされます。

圧巻なのはラスト二行です。宇宙旅行に行っていたはずが、一瞬にして現実の土地に着地してしまうかのような感覚に陥ります。これがいったいどういう構造を意味しているのか、恥ずかしながら僕は理解はできていないのですが、ただ、心地良い肩透かしを感じつつ、この三十年近く、思い出しては、「文章であんなことができるだなんて」とうっとりしてしまう、そういった作品です。

「工夫の減さん」町田康

小説の面白さを伝えるためのアンソロジーを作りたいと思った際、「あの小説は入れたい」と作品名が思い浮かんだものもありますが、そうではなく、「あの小説家の作品は入れないとならない」と作家名が浮かぶ場合もありました。その作家の書く小説ならば、間違いなく「小説として」面白い、どれを読んでも面白いという思いがあるからで、その一人が町田康さんです。

作家は常に、文章内における言葉について、「もっといい言葉（表現）がないかな」と考えているはずです。よく使われる表現はなるべく避けたい、かといって難しい言葉や奇をてらった言葉はもっと避けたい、違和感と新鮮さがちょうどいいバランスで味わえるような、読んだ人がにやにやしたり、はっとしたりするような言葉がないものか、と取捨選択をやっているはずです。町田康さんは、その言葉を選ぶ感覚が尋常ではありません。作品で使われる言葉や擬音語が独特な上に、「そう来たのか」

と驚かされるものばかりです。ですから町田康さんの作品はどれを読んでも小説として面白く、文章を読んでいるだけで楽しくて仕方がないのです。

「工夫の減さん」はまず、タイトルからしてこちらを幸せな気分にしてくれます。「工夫」という、慣れ親しんでいるはずの言葉が、「減さん」と一緒になると、それだけで新鮮に感じますし、想像力が刺激されます。作中で描かれる、「工夫に凝りすぎる男」とは、何となく誰もがイメージを浮かべることができますが、では映像的に見えるかといえばそうではありませんし、「工夫したくてかえって困ったことになる（他人や自分に迷惑をかける）」という状況は喜劇とも悲劇ともつきませんが、こういった、人間が生きている中で体験する「派手ではないけれど大変なこと」について味わえるのも、やはり小説ならではの楽しみです。そしてラスト、主人公がふと洩らす言葉に、「結構」という言葉が入っているだけで、何とも言い難い優しさに包まれることに気づかされるのですから、小説とは本当に不思議です。そして、町田康さんはその小説の不思議さを熟知しているのでしょう。どの作品からも、ユーモアと呼んでしまうのがもったいないほどのおかしみ、笑わせながら真理をついてくる怖さ、「何でもできるのだよ」と言わんばかりの自由さを感じます。

「煙の殺意」泡坂妻夫

十代半ばから二十代前半、高校生から大学生にかけ、本格ミステリーに分類される小説が大好きでしたから、当然、大好きなミステリー短編がいくつもあります。とはいえ、どれを選ぶのかについては非常に悩みました。ミステリー小説というものは不思議なジャンルです。ストーリーや文章といったものとは別の部分、たとえば驚愕の密室トリック、意外な犯人、予想もしなかった語り手の嘘、そういったものがあることで作品が輝きますし、そこが素晴らしいなと思うのですが、ただ、ミステリーといったジャンルに親しんでいる人のほうが凄さが分かるものも多く、裏を返せば、ミステリーに興味がない人には、「で？」といった感想を抱かれて終わってしまうのではないか、という不安も感じてしまいました（考えすぎかもしれませんが）。

ですので今回は、ミステリーにさほど関心のない人が読んでも、その意外性にはっとでき、さらにはストーリー性や読み味も優れたものの中からいくつかを選ぶことにしました。

そのうちの一つがこの「煙の殺意」です。僕は泡坂妻夫さんの作品を網羅的に読んでいるわけではないため、偉そうに語るのは心苦しいところもあるのですが、泡坂妻夫さんのミステリーを読むといつも、「魔法」を感じます。ごく普通の文章で書かれているにもかかわらず、常に柔らかい雰囲気がありますし、微笑や苦笑を誘うあたたかみを覚えるからです。「よく考えればひどい話」や「どう考えても現実的ではない真相」が魅力的なものとして受け入れられるのは、その、飄々とした雰囲気、魔法のおかげではないでしょうか。

「煙の殺意」における真相は、「そんな馬鹿な！」と「でも分からないでもない」という二つの気持ちが湧き上がる傑作で、もともと泡坂妻夫さんの作品は、いつ読んでも古さを感じない、普遍的なものが多いのですが、この短編に関しては、インターネット上における誹謗中傷が社会問題となっている今のほうが、よりいっそうリアリティを感じるような気がします。

『Plan B』より「神々」「侵略」「美女」「仙女」佐藤哲也

初めて読んだ佐藤哲也さんの小説は、『イラハイ』でした。「ファンタジーノベル大賞受賞作」と謳われ、表紙も可愛らしいイラストだったため、洋風の剣と魔法の物語のようなものを想像していたのですが、読み始めてみるとまったく予想とは違い、「物語が始まったので、ウーサンは走った。」という一文からも分かるように、小説だからこそ味わえる喜びに満ちていました。それ以降、僕にとって、最高の小説家の一人です。

ただ、どの短編を収録すべきかについては悩みました。佐藤哲也さんの短編は一冊まとめて読むことで楽しめるものが多いため、そのうちの一編を、という気持ちにはなれなかったからです。短編集『ぬかるんでから』には独立した作品が収録されているのですが、この本の文庫解説を僕が書かせてもらったため、重複した印象も受けてしまいます。

頭を悩ませている時に、『Plan B』が発売されました。佐藤哲也さんがインターネット上に投稿した掌編（一編が四百字前後でしょうか）を集めたものだったのですが、これがまた素晴らしい本で、迷わず、その中から収録させていただくことにしました。

四百字ほどの分量では、（僕のように）何も考えずに書いてしまうと、ストーリーを書くだけで終わってしまいます。一場面を切り取るのも精一杯で、「あらすじ」と「オチ」を書くだけ、という無残な結果に終わりかねません。それが、『Plan B』に収録されている作品は、この短さの中で、独特の世界観を読者に伝え、さらには予想外の展開やくすっと笑える結末まで、過不足なく盛り込まれています。「長い物語を無理やり縮めたもの」ではなく、この分量だからこそ味わえるものとなっており、まさに（大仰な言い方で、白けさせてしまうことを覚悟で言えば）、名匠が技の限りを尽くして作り上げた作品のように思えました。

その中から四編を選びました。一文ごとに少しずつ情景が見え、これはいったい何なのだと思っているうちに、壮大な場面が浮かび、なぜか少し笑ってしまう「神々」、宇宙船や怪物、殺人鬼といった、フィクションではよく使われる要素を、独特の形で組み合わせ、まったく知らない世界観を見せてくれる「美女」、読み進めているとラストの一文で（言葉の選択があまりに的確だからこそ）噴き出さずにはいられない「侵略」と「仙女」、いずれも小説ならではの凄さに満ちた作品です。

「ヘルメット・オブ・アイアン」一條次郎＋「杜子春」芥川龍之介

一條次郎さんは二〇一五年に長編『レプリカたちの夜』で新潮ミステリー大賞という新人賞を受賞し、デビューしましたので、このアンソロジーに収録させてもらったほかの作家と比べると、つい最近世に出たばかり、と言ってもいいかもしれません。その新人賞の最終選考に僕が携わっていました。とにかく『レプリカたちの夜』の得体のしれない、生真面目にふざけている雰囲気に魅了され、「これをミステリーに分類してもいいのだろうか」という疑問を抱きつつも、強く推し、その結果、デビューすることになりました。

と書きますと、自分がデビューに関わったからこのアンソロジーにも収録したのだろう、と思われるかもしれませんが（そう思われたところで困る必要もないのですが）、単に、一條次郎さんの書かれる小説があまりに僕好みだった、ということなのでしょう、「自分の好きな短編小説を並べる」となった際に、外すことはできませんでした。

この「ヘルメット・オブ・アイアン」は読んでいただければすぐに分かりますが、芥川龍之介さんの「杜子春」がもとになっています。「杜子春」を踏まえた、ふざけた後日談のようでもありますが、一條次郎さん本人は、自分の中で妄想した世界を、生真面目に、小説として書き上げたのだと思います。「杜子春」と同じような筋書きにしたり、もしくは最後のオチを改変したり、といったアイディアなら浮かぶかもしれませんが、「『杜子春の真似をして、得をしたい！』と考える主人公」を思いついたことに、笑いながらも感心してしまいました。真面目な人から、「ふざけすぎだ！」と怒られてしまうような妄想を、ただの悪ふざけで終わらせずに、生真面目に小説の形にできる力こそが、小説家の才能のようにも思います。

ちなみに、この短編を充分に楽しんでいただくためには、芥川龍之介さんの「杜子春」の内容を知っていたほうが良いため、どうしたものかと悩んだ結果、そちらも一緒に収録することにしましたが、これもまた好きな小説です（ただ、芥川龍之介さんの小説には、ほかに好きな作品があるのも事実です）。

「先導獣の話」古井由吉

この短編を読んだのは会社員の時、通勤中のバスの中でした。実は僕は、どんな小説を読んでいても、明確な映像を思い浮かべることがほとんどありません。それなりに光景を想像はしますが、それは映像というよりももっとぼんやりとした絵のようなもので、のめり込むわけではなく、離れた場所から、落ち着いて眺めているような感覚の場合が多いような気がします。ただ、この短編の冒頭を読んだ時は違いました。文章を読み進めているだけであるのに、草原の獣の群れ、その踏み出す足、疾走する獣たちの勢いといったものが、映像以上に映像的と言えるほどに、臨場感のあるものとして浮かび上がってきたのです。獣たちが土埃を立て、地面を鳴らす音までも聞こえるようで、「こんなことが小説でできるのか」と茫然とし、「これこそが小説の力なのだな」と強く思いました。バスの車内で、興奮のせいなのか鼓動が早くなり、さらに獣の立てる地響きを体感しているような気持ちになったのを覚えています。

古井由吉さんの他の（リアルタイムに読むようになって以降の）作品は、私小説のような、幻を見せられているかのような読み味で、（僕の頭では）あらすじがうまく把握できないことも多く、だけど文章を読むこと自体がとても心地良い、そういう作品がほとんどでした。描かれているものが何であるかは分からないものの、その作品と向き合っていると、こちらの想像力や記憶、内なる何かが刺激され、感動する、という意味ではまさに優れた抽象画に近いかもしれません。

この「先導獣の話」は初期の作品であるからか、抽象画的な作品ではなく、何が描かれているのかが（僕にも）つかみやすく（抽象画的な作品も本当に素晴らしいのですが）、多くの読者が受け止めやすいのではないかと思いました。会社員の内面に広がる、「都会とは恐ろしいものだ」「大人しい人間」「あれが先導獣というものだ」「群集のあまりに整然たる流れ」「殲滅兵器」といった穏やかならざる言葉にどきどきとし、最後の先輩の謎めいた様子に当惑し（どうしてあの先輩が「困っている」のか、僕には分かりません）、読み終えた後もその不穏さが漂っているのを感じます。「完璧な小説は？」と訊かれたら（訊かれたことはないですが）、この作品を挙げるかもしれません。

「サボテンの花」宮部みゆき

大学生のころ、一人暮らしのアパートでこれを読み終えた時の気持ちをよく覚えています。それまで小説を読んでいて感動したことはありましたが、ストーリーの展開とミステリー的な真相がこれほどまでに有機的に絡み合い、まさに「胸がいっぱいになる」感覚になったのは、「サボテンの花」がはじめてでした。

いわゆる「いい話」を書くのはとても難易度が高い、とよく思います。恐ろしいもの、不謹慎なもののほうが（それにはそれの難しさがあるものの）、読む人の印象に残りやすい気がしますし、それに比べ、「いい話」はどこか綺麗事めいています。親から無理やり読まされる教訓話のように、読者を白けた気持ちにさせる可能性も高いため、「いい話」を白けさせずに読ませることは本当に大変だ、とつくづく思うのですが、この「サボテンの花」はいい話であるのに白けることなく、心から感動でき、読んで良かった、本当に良かった、と思える小説です。学生のころ、これを読んだ直後は、「ミステリーの短編は、これだけあればいいのではないか」という気持ちになるほどで、それ以降、この短編は、僕にとってのミステリーの「お手本」「教科書」のような存在になりました。僕自身の小説について、いわゆる「伏線」のことについて褒めてもらうことがあるのですが（それ自体は嬉しく感じつつも、もどかしさがありますが）、「ミステリーにおける伏線」に関して言えば、単に「サボテンの花」を真似しているだけなんだけどな、という気持ちになりますし、今も短編小説を書く際は「僕なりの『サボテンの花』を書きたい」という思いが、頭のどこかにあるような気がします。

人の痛みや弱さ、恐ろしさを想像する力と、頭の中で膨らんだ物語を小説にしていく力、その両方を誰よりも備えた宮部みゆきさんのような小説家が、国民的作家といった肩書が相応しく感じられるほどに、広く読まれていることは、喜ばしいことだなあと思わずにはいられません。

以上が『小説の惑星』の「ノーザンブルーベリー篇」に収録した小説です。だらだらと、蛇足めいたことを書いてしまいましたが、言うまでもなくこの本において大事なのは、僕の文章ではなく収録した短編小説のほうですので、この長々とした文が足を引っ張るようなことがなければいいな、と祈るような気持ちです。みなさんが楽しんで、「小説も面白いなあ」と少しでも感じていただければ幸せですし、良ければ、「オーシャンラズベリー篇」のほうも気にしてもらえると嬉しいです。

底本一覧

眉村卓「賭けの天才」（『ショート・ショート　ポケットのABC』一九八二年、角川文庫）
井伏鱒二「休憩時間」（『夜ふけと梅の花・山椒魚』一九九七年、講談社文芸文庫）
谷川俊太郎「コカコーラ・レッスン」（『コカコーラ・レッスン』一九八〇年、思潮社）
町田康「工夫の減さん」（『権現の踊り子』二〇〇六年、講談社文庫）
泡坂妻夫「煙の殺意」（『煙の殺意』二〇〇一年、創元推理文庫）
佐藤哲也「神々」「侵略」「美女」「仙女」（『Plan　B』二〇二〇年、Tamanoir）
芥川龍之介「杜子春」（『芥川龍之介全集4』一九八七年、ちくま文庫）
一條次郎「ヘルメット・オブ・アイアン」（『動物たちのまーまー』二〇二〇年、新潮文庫）
古井由吉「先導獣の話」（『古井由吉自選短篇集　木犀の日』一九九八年、講談社文芸文庫）
宮部みゆき「サボテンの花」（『我らが隣人の犯罪』一九九三年、文春文庫）

本書はちくま文庫のためのオリジナル編集です。

収録作品の中には今日の人権意識等に照らし合わせると不適切な表現が含まれているものもありますが、文学的価値を鑑み、そのままとしました。

宮沢賢治全集（全10巻）　宮沢賢治
『春と修羅』、『注文の多い料理店』はじめ、賢治の全作品及び異稿を、綿密な校訂と定評ある本文によって贈る話題の文庫版全集。書簡など2巻増巻。

太宰治全集（全10巻）　太宰治
第一創作集『晩年』から太宰文学の総結算ともいえる『人間失格』、さらに『もの思う葦』ほか随想集も含め、清新な装幀でおくる待望の文庫版全集。

夏目漱石全集（全10巻）　夏目漱石
時間を超えて読みつがれる最大の国民文学を、10冊に集成して贈る画期的な文庫版全集。全小説及び小品、評論に詳細な注・解説を付す。

芥川龍之介全集（全8巻）　芥川龍之介
確かな不安を漠然とした希望の中に生きた芥川の全貌。名手の名をほしいままにした短篇から、日記、随筆、紀行文までを収める。

梶井基次郎全集（全1巻）　梶井基次郎
「檸檬」「泥濘」「桜の樹の下には」「交尾」をはじめ、習作・遺稿を全て収録し、梶井文学の全貌を伝える。一巻に収めた初の文庫版全集。（高橋英夫）

中島敦全集（全3巻）　中島敦
昭和十七年、一筋の光のように登場し、二冊の作品集を残してまたたく間に逝った中島敦――その代表作から書簡までを収め、詳細小口注を付す。

山田風太郎明治小説全集（全14巻）　山田風太郎
これは事実なのか？　フィクションか？　歴史上の人物と虚構の人物が明治の東京を舞台に繰り広げる奇想天外な物語。かつ新時代の裏面史。

ちくま日本文学（全40巻）　ちくま日本文学
小さな文庫の中にひとりひとりの作家の宇宙がつまっている。一人一巻、全四十巻。何度読んでも古びない作品と出逢う、手のひらサイズの文学全集。

ちくま文学の森（全10巻）　ちくま文学の森
最良の選者たちが、古今東西を問わず、あらゆるジャンルの作品の中から面白いものだけを基準に選んだ、伝説のアンソロジー、文庫版。

ちくま哲学の森（全8巻）　ちくま哲学の森
「哲学」の狭いワク組みにとらわれることなく、あらゆるジャンルの中からとっておきの文章を厳選。新鮮な驚きに満ちた文庫版アンソロジー集。

現代語訳 舞姫 森鷗外／井上靖訳

古典となりつつある鷗外の名作を井上靖の現代語訳で読む。無理なく作品を味わうための語注・資料を付す。原文も掲載。監修＝山崎一穎

こころ 夏目漱石

友を死に追いやった「罪の意識」によって、ついには人間不信にいたる悲惨な心の暗部を描いた傑作。詳しく利用しやすい語注付。（小森陽一）

英語で読む 銀河鉄道の夜（対訳版） 宮沢賢治／ロジャー・パルバース訳

"Night On The Milky Way Train"（銀河鉄道の夜）賢治文学の名篇が香り高い訳で生まれかわる。文庫オリジナル。井上ひさし氏推薦。（高橋康也）

百人一首 鈴木日出男

王朝和歌の精髄、百人一首を第一人者が易しく解説。現代語訳、鑑賞、作者紹介、語句・技法を見開きにコンパクトにまとめた最良の入門書。

今昔物語 福永武彦訳

平安末期に成り、庶民の喜びと悲しみを今に伝える今昔物語。訳者自身が選んだ155篇の物語は名訳を得て、より身近に蘇る。（池上洵一）

私の「漱石」と「龍之介」 内田百閒

師・漱石を敬愛してやまない百閒が、おりにふれて綴った師の行動と面影とエピソード。さらに同門の友、芥川との交遊を収める。（武藤康史）

阿房列車 ――内田百閒集成1 内田百閒

「なんにも用事がないけれど、汽車に乗って大阪へ行って来ようと思う」。上質のユーモアに包まれた、紀行文学の傑作。（和田忠彦）

教科書で読む名作 夏の花ほか 戦争文学 原民喜ほか

表題作のほか、審判（武田泰淳）／夏の葬列（山川方夫）／夜（三木卓）など収録。高校国語教科書に準じた傍注や図版付き。併せて読みたい名評論も。

名短篇、ここにあり 北村薫／宮部みゆき編

読み巧者の二人の議論沸騰し、選びぬかれたお薦め小説12篇。となりの宇宙人／冷たい仕事／隠し芸の男／少女架刑／あしたの夕刊／網／誤訳ほか。

猫の文学館Ⅰ 和田博文編

寺田寅彦、内田百閒、太宰治、向田邦子……いつの時代も、作家たちは猫が大好きだった。猫の気まぐれに振り回されている猫好きに捧げる47篇‼

冠・婚・葬・祭　中島京子
人生の節目に、起こったこと、出会ったひと、考えたこと。冠婚葬祭を切り口に、鮮やかな人生模様が描かれる。第143回直木賞作家の代表作。（瀧井朝世）

とりつくしま　東直子
死んだ人に「とりつくしま係」が言う。モノになってこの世に戻れますよ。妻は夫のカップに弟子は先生の扇子になった。連作短篇集。（大竹昭子）

虹色と幸運　柴崎友香
珠子、かおり、夏美。三〇代になった三人が、人に会い、おしゃべりし、いろいろ思う一年間。移りゆく季節の中で、日常の細部が輝く傑作。（江南亜美子）

星か獣になる季節　最果タヒ
推しの地下アイドルが殺人容疑で逮捕!? 僕は同級生のイケメン森下と真相を探るが——。歪んだピュアネスが傷だらけで疾走する新世代の青春小説！

ピスタチオ　梨木香歩
棚(たな)がアフリカを訪れたのは本当に偶然だったのか。不思議な出来事の連鎖から、水と生命の壮大な物語「ピスタチオ」が生まれる。（管啓次郎）

図書館の神様　瀬尾まいこ
赴任した高校で思いがけず文芸部顧問になってしまった清(きよ)。そこでの出会いが、その後の人生を変えてゆく。鮮やかな青春小説。（山本幸久）

マイマイ新子　髙樹のぶ子
昭和30年山口県国衙。きょうも新子は妹や友達と元気いっぱい。戦争の傷を負った大人、変わりゆく時代、その懐かしく切ない日々を描く。（片渕須直）

話虫干　小路幸也
夏目漱石「こころ」の内容が書き変えられた！ それは話虫の仕業。新人図書館員が話の世界に入り込み、「こころ」をもとの世界に戻そうとするが……。

包帯クラブ　天童荒太
傷ついた少年少女達は、戦わないかたちで自分達の大切なものを守ることにした。生きがたいと感じるすべての人に贈る長篇小説。大幅加筆して文庫化。

うれしい悲鳴をあげてくれ　いしわたり淳治
作詞家、音楽プロデューサーとして活躍する著者の小説&エッセイ集。彼が「言葉」を紡ぐと誰もが楽しめる「物語」が生まれる。（鈴木おさむ）

ちくま文庫

小説《しょうせつ》の惑星《わくせい》 ノーザンブルーベリー篇《へん》

二〇二一年十二月十日 第一刷発行

編 者 伊坂幸太郎（いさか・こうたろう）
発行者 喜入冬子
発行所 株式会社 筑摩書房
東京都台東区蔵前二―五―三 〒一一一―八七五五
電話番号 〇三―五六八七―二六〇一（代表）
装幀者 安野光雅
印刷所 中央精版印刷株式会社
製本所 中央精版印刷株式会社

ISBN978-4-480-43770-9 C0193